Alex Marongue

Der erste Tag nach dir

Impressum

Bibliografische Information der Deutschen Nationalbibliothek: Die Deutsche Nationalbibliothek verzeichnet diese Publikation in der Deutschen Nationalbibliografie; detaillierte bibliografische Daten sind im Internet über http://dnb.dnb.de abrufbar.

Umschlaggestaltung: fiverr-Anbieter **paul_grx1**

www.fiverr.com/paul_grx1

Auf Grundlage eines Fotos von Pixabay-Nutzer MariyaKeni

https://pixabay.com/users/mariyakeni-4013834/

Herstellung und Verlag: BoD – Books on Demand, Norderstedt

ISBN: 9783755708681

Für alle, die in die falsche Richtung

gegangen sind - und nicht wussten, wie

noch umzukehren.

Sonntag

Ich kannte Carmen, seit sie am Anfang der dritten Klasse in meine Klasse kam. Ihre Eltern waren wegen der Arbeit hergezogen. Oder etwas Ähnliches. Ich kann mich erinnern, dass ich sie am Anfang seltsam und interessant fand. Sie hatte eine komische Art zu reden drauf und war das erste Mädchen mit roten Haaren, das ich von Nahem sah. Das machte auf mein achtjähriges Gehirn schon Eindruck. Das muss im November gewesen sein. Ich erinnere mich noch, dass es schon kalt war, damals, wir aber noch keinen Weihnachtsschmuck an den Fenstern gehabt hatten. Sie war im November gekommen. Genauso, wie sie im November sechs Jahre später an einem Sonntagabend gegangen ist.

Das wussten wir damals natürlich noch nicht. Ich verbrachte den Abend, an dem Carmen starb, im Gemeindehaus der Ministranten. Ich war selber keiner, aber ich kannte ein paar von ihnen und eine Freundin war eine Gruppenleiterin von

ihnen. Die hatte einen Schlüssel zum Gemeindehaus. Die Regeln waren klar: kein Alkohol, keine
Drogen, kein Lärm vor der Türe und auf der Straße davor und drinnen nur Musik bei *angemessener*
Lautstärke. Und: keine Fremden, also keine Jugendlichen, die nichts mit der Kirche zu tun hatten. Damit wäre ich gemeint gewesen, aber das
wurde nicht so eng gesehen. Weder von den Ministranten, noch vom Chef. Kontrolliert wurde es
ohnehin nicht, weil man wusste, dass sich hier alle
an die Regeln hielten und die Jugendlichen von
sich aus alle rausschmissen, die sich nicht zu be-
nehmen wussten, Bier mitbrachten oder die Jünge-
ren schikanierten. Denn wenn gemeint war, dass
alle Ministranten willkommen waren, dann hieß
das wirklich *alle* von zehn Jahren ab. Und um
Punkt 20:15 war Schluss. Das klappte.

Wir unterhielten uns, guckten fern, spielten Karten und, wenn Kleinere da waren, auch mit
denen.

Ich weiß noch, dass es an diesem Novem-
berabend ruhig war, fast langweilig. Nur ein paar

Leute waren da, einige waren über das Wochenende krank geworden. Die Grippe ging um. Franziska, die Gruppenleiterin mit dem Schlüssel, vier oder fünf andere, die ich ein bisschen kannte und noch eine Handvoll andere Ministranten. Diese Kathrin von der Realschule, die ein Jahr älter war als ich und diesen Spleen hatte, dass sie fast immer eine Kamera mit sich herumschleppte. Manchmal hatte die noch ein anderes Mädchen dabei, die wohl auch zur Jugendgruppe gehörte, aber sich selten dort blicken ließ. Hieß die nicht Maria oder Marie? Ein komisches Mädchen, das weiß ich noch. Weil sie mich immer so seltsam schräg anschaute und man sich nie so ganz sicher sein konnte, was sie von einem wollte. Ist ja auch egal!

Abgesehen davon, dass nicht viel los war: Die Heizung spann noch dazu. Sie wurde zwar ein bisschen warm, aber nicht so richtig und die Reparatur ließ auf sich waren. Im September und Oktober war uns das noch gar nicht aufgefallen, aber pünktlich mit dem Novemberbeginn war es empfindlich kalt geworden. Nach Einbruch der Dunkelheit war es kaum mehr auszuhalten im Gemeindehaus – ich zumindest wollte nicht in der dicken Jacke drinnen herumhocken und Franziska, die den Schlüssel hatte, auch nicht.

Mir machte dieser ganze Abend keinen Spaß. Ich unterhielt mich mit eigentlich niemandem und hatte meinen Kopf auch ganz woanders. Selbst, wenn mich einer irgendwie bequatschte, konnte ich mich nicht konzentrieren, weil ich an ganz was anderes dachte.

Also sperrte Franziska schon halb Acht die Türe hinter uns zu. Der Atem bildete weiße Wolken im kalten Licht der Halogenlampen auf dem Hof, die automatisch angingen, wenn jemand vor der Türe war. Es sah nach Schnee aus. Noch nicht nach dem dicken, weißen Schnee, aber zumindest nach den kalten, feuchten Flöckchen, die auf dem Boden zu dunkelgrauem Matsch zusammenschmolzen.

Als wir uns voneinander verabschiedeten und sich jeder auf seinen Heimweg machte, muss ziemlich genau der Moment gewesen sein, als Carmen starb. Ertrank, ganz alleine, bei sich zu Hause. Damals, am Sonntagabend, wusste ich es natürlich noch nicht. Und genauso wenig wusste ich, dass sie bald danach wieder zurückkehren würde. Carmen war an diesem Abend nichts anderes als eine Klassenkameradin. Eine normale Klassenkameradin. Man kannte sie, aber man interessierte sich nicht besonders füreinander.

Na ja … Oder nicht ganz eine normale Klassenkameradin. Und Interesse gab es halt schon irgendwo, nur eben nicht Gegenseitiges.

Montag

Carmen war am Montag erst mal nur eine von vielen, die nicht da waren und so fiel ihr Fehlen gar nicht groß auf. Alleine in unserer Klasse waren fünf Leute krank. Erkältung, Grippe, Magen-Darm, Lungenentzündung, alles, was man kriegen konnte. In den anderen Klassen sah es nicht anders aus, von den Fünfern bis zu den Dreizehnern. Bei den Lehrern genauso. So viele Lehrer waren über das Wochenende krank geworden und am Montag nicht mehr zurück in die Schule gekommen, dass so ziemlich jede Klasse auf dem Vertretungsplan stand. Bei einer ganzen Menge von Klassen fielen die fünfte und sechste Stunde aus. Auch in der 9b – bei uns. Das war noch einfach zu verstehen. Der Rest war kaum zu begreifendes Chaos: Die ersten beiden Stunden hatten wir Deutsch, obwohl wir in der zweiten Reli und Ethik haben sollten. Dafür hatten wir Deutsch normalerweise bei unserem Klassenlehrer, der aber war krank und musste vertreten werden. Dabei kam nicht viel rum, wir machten ein paar Einsetzaufgaben, Lückentexte, bei denen man sich zwischen „das" und „dass" entscheiden musste und ähnlichen Quatsch.

Die dritte Stunde bestand darin, dass eine heillos überforderte Referendarin mit fetten, schwarzen Ringen unter den Augen uns lustige Videoclips im Internet zeigte. Die war so dermaßen blassgrün im Gesicht und hustete so laut und feucht, dass sie auch krank sein musste. Wahrscheinlich hatte sie sich einfach nicht getraut, im Rektorat anzurufen und sich krankzumelden und verbreitet jetzt ihre Infektion im ganzen Schulhaus.

Die vierte Stunde war naturwissenschaftliches Arbeiten bei einer Hexe von Lehrerin: Frau Manninger. Ein passender Name, denn die stand ihren Mann und ließ nie etwas durchgehen. Einen Spaß, irgendeine gut durchdachte, aber natürlich gelogene Entschuldigung für Zuspätkommen, ein Heulkrampf angesichts der drohenden Noten – nichts konnte ihr Herz erweichen und einen vor Ärger bewahren, wenn sie einen im Fadenkreuz hatte. Irgendeine extreme Krankheitswelle war über die ganze Stadt hinweg gerollt und hatte die halbe Schule plattgewalzt. Aber Frau Manninger stand, nicht ein Niesen, nicht ein Husten und sie zog ihr Programm durch. Auch wenn alle, die fehlten, den ganzen Stoff nachholen mussten. Alle, außer Carmen. Nur, dass wir das noch nicht wussten.

Aber wussten vielleicht die Lehrer damals, am Montag, schon etwas und ließen sich nur nichts anmerken? Die Schulleitung ging doch der Sache nach, wenn Schüler nicht richtig abgemeldet wurden. War Carmen ihnen durch die Lappen gegangen? Hatten die Eltern angerufen und sie bloß krankgemeldet? Hatten sie dafür überhaupt Kraft gehabt? Oder die Zeit? Was hat man zu tun, wenn die Tochter stirbt? Ich weiß es nicht.

Um 11:20 Uhr wurden wir entlassen. Mathe fiel aus. Das störte mich nicht besonders. In Mathe war ich einigermaßen Durchschnitt. Die sechste Stunde wäre Französisch gewesen. Klar, früher aus zu haben und unverhofft einen angebrochenen Vormittag zu haben, war eine tolle Sache. Aber dass es ausgerechnet Französisch treffen musste, war schade. Ich mochte Französisch, es war mein bestes Fach.

Während wir noch vom Schulgelände trabten, wurde der Klassenchat mit Neuigkeiten geflutet.

Zuerst kam das übliche Geplapper über den Schultag, über die Lehrer, über das totale Chaos. Neugierig wurde von den Daheimgebliebenen aufgesogen und kommentiert, was abgegangen war. Fotos vom total überfüllten Vertretungsplan und dem ungewöhnlich leeren Pausenhof wurden in den Chat gestellt.

Nach dem Tratsch wurde es bis zum Nachmittag erst mal still. Bis sich die meisten dazu durchgerungen hatten, zumindest einmal nachzufragen, was uns in Deutsch und natürlich von Frau Manninger aufgegeben worden war. Typisch! Es waren nicht die, die krank daheim geblieben waren, die im Klassenchat danach fragten. Es waren die, die in der Schule gewesen waren, aber die

meiste Zeit damit beschäftigt gewesen waren, weg-
zuhören. Roger, mein Sitznachbar zum Beispiel.
Oder ich, klar.

Ich würde gerne behaupten, dass ich es
nur wegen meiner heftigen Kopfschmerzen vergessen hatte. Weil ich verschnupft war. Dass ich
mich trotz nahender Krankheit in die Schule ge-
schleppt hatte. Oder, dass ich krank vor Sorge gewesen war um Carmen oder sonst wen. Aber ich
war kerngesund und Carmen war mir an diesem
Montag noch ziemlich egal. Ich hatte nur einfach
keine Lust gehabt. Französisch war das einzige
Fach, in dem ich immer die Hausaufgaben voll-
ständig, rechtzeitig und sorgfältig anfertigte. Die
absolute Wahrheit: Außer in diesem Fach war
mein Hausaufgabenheft komplett leer.

Gegen fünfzehn Uhr rückte endlich jemand mit den Aufgaben heraus, aber nicht, ohne
die üblichen blöden Sprüche ungefragt mitzulie-
fern: „Nächstes Mal lasse ich euch für jede Aufgabe einzeln bezahlen!“, und so weiter.

Ich war damit beschäftigt, den Klassenchat zu ignorieren, solange es ging. Bis ich mich nach dem Abendessen dazu durchringen musste, mich an die Aufgaben zu setzen. Oder nicht? Möglicherweise würden die Lehrer ja morgen auch krank sein und konnten gar nicht überprüfen, ob wir was gemacht hatten. Es war fast das Risiko wert. Jedenfalls achtete ich nicht auf den Chat und bekam so das Minidrama nicht mit, das darin ablief.

Hellen nutzte den Klassenchat normalerweise nicht – aus guten Gründen. Die aktivsten Nutzer waren auch die größten Idioten der Klasse. Hellen war nicht besonders beliebt, ich kam auch nicht mit ihr klar und war nicht unbedingt nett zu ihr, aber diese Typen hatten sich richtig auf sie eingeschossen und gingen ziemlich mies mit ihr um, sogar für meine Verhältnisse. Sie war eine der besten Freundinnen von Carmen. Oder, besser: Carmen war ihre einzige Freundin, aber eine Gute!

Bloß an diesem Montagnachmittag meldete sich Hellen. Denn alle Kranken hatten sich wegen der Hausaufgaben gemeldet oder bedankt. Alle, außer Carmen. Und wie Hellen jetzt im Chat schrieb, hatte Carmen auch nicht auf ihre persönlichen Nachrichten reagiert. Überhaupt sei sie seit gestern Abend nicht mehr online gewesen. Auf ihre Anrufe reagierte niemand – es konnte nicht einmal eine Verbindung hergestellt werden. „Der Nutzer ist zurzeit nicht erreichbar" und so weiter. Hellen musste verzweifelt gewesen sein, denn sie fragte im Klassenchat nach, ob irgendwer etwas wisse. Aber keiner hatte eine Ahnung. Also kündigte Hellen an, sie wolle die Sachen einfach persönlich zu Carmen bringen.

Tatsächlich kamen dann gegen Abend sogar Nachfragen, was denn jetzt aus der Sache geworden war. Aber Antworten gab es keine. Hellen schwieg sich aus. Kam den ganzen Abend nicht mehr online.

Dienstag

Ich weiß noch, dass ich zwischen den beiden Gongs vor der ersten Stunde mehrmals die Plätze im Klassenzimmer durchzählte, unter denen eine Schultasche lag. Dreiundzwanzig. Sechs fehlten, von denen ich auch niemanden draußen auf dem Hof, in der Aula oder im Flur vor dem Klassenzimmer gesehen hatte. Eigentlich sollten nach dem ersten Gong schon alle an ihren Plätzen sitzen. Die meisten nahmen das auch ernst, denn vor der ersten Stunde patrouillierte der Direktor gerne die Gänge ab und war schnell mit Einträgen ins Klassenbuch zur Hand. Viel zu schnell, mein Name tauchte ständig in der rechten Spalte auf. Im Gegenzug wurden die Klassenzimmer schon vor der ersten Stunde aufgesperrt und man konnte es sich zumindest schon bequem machen.

Carmen war wieder nicht da. Natürlich nicht. Und der Platz links neben ihr, am Fenster, war auch leer. Das war Hellens Platz.

Wir hatten Frau Manninger in der ersten Stunde. Sie neigte dazu, jedem, der zu spät kam, die dreifache Zeit am Mittag nachsitzen zu lassen. Das war keine große Sache auf den ersten Blick. Zwei Minuten zu spät, sechs länger bleiben. Nichts, wofür man eine Benachrichtigung an die Eltern bekam. Nur ein paar Minuten. Aber gerade so viel, dass man den Schulbus sicher verpasste. Das war das eigentlich Gemeine daran. Fünf Minuten länger bleiben bedeutete, vierzig Minuten länger zu warten oder einmal quer durch die Stadt zu latschen. Alleine, natürlich, weil sicher keiner auf einen wartete.

Frau Manninger, die schon unsere Eltern unterrichtet hatte, wusste das ziemlich genau. Deshalb war ich mir ziemlich sicher, dass keiner mehr kommen würde, als es um Punkt Acht Uhr gongte. Also, außer Frau Manninger, natürlich, die nicht auftauchte. Fünf Minuten vergingen. Sie war immer noch nicht da.

Langsam kamen wir wieder in Stimmung. Länger als fünf Minuten konnte man nicht mit gutem Gewissen verlangen, dass wir auf unseren Plätzen blieben und uns bei „Zimmerlautstärke" unterhielten, wie es die Lehrer nannten. Diese Lautstärke schwoll jetzt rasant in Sekunden an. Die meisten hatten noch etwas ganz Dringendes mit jemandem am anderen Ende des Klassenzimmers zu besprechen. Natürlich musste man diese Unterhaltungen irgendwie quer durchs Zimmer bewerkstelligen – immerhin durften wir nach dem zweiten Gong ja nicht mehr aufstehen.

Nach den nächsten sechzig Sekunden flog das erste Federmäppchen. Zwischen Yasmin und Alma war ein Streit entbrannt über irgendeinen Film oder eine Serie oder so was, als Yasmins Mäppchen im Tiefflug durch das Klassenzimmer befördert wurde. Das Mäppchen pfiff nur Millimeter entfernt an meinem Ohr vorbei, schlitterte über meinen Tisch, knallte gegen Rogers Block und blieb daneben liegen. Nils, der in der mittleren Reihe am Fenster saß, hatte sich das Mäppchen gegriffen und eigentlich nach Jochen schmeißen wollen, der zwei Reihen vor mir saß. Aber Nils war wahnsinnig schlecht im Werfen, sogar mieser als ich.

Er rief mir etwas zu, aber ich verstand nichts. Seine Worte gingen im Geschrei von Yasmin unter, die sich nicht darum kümmerte, ihr Mäppchen zurückzubekommen, sondern lieber Nils anbrüllte und mit der flachen Hand auf seine Schulter schlug. Um sie herum hatten einige andere das Chaos genutzt, um ihren eigenen, kleineren Blödsinn zu treiben.

So sah die Szene aus: Yasmin schlug auf Nils ein, der zwei Köpfe größer und dreimal so schwer war wie sie und sich nicht nur nicht wehrte, sondern sich über die zierliche Yasmin auch noch lustig machte. Alya stand daneben und keifte beide an, sie sollten endlich aufhören, immerhin gäbe es was Wichtiges zu besprechen. Jochen marschierte gerade den Mittelgang entlang, um bei Roger und mir das Mäppchen abzuholen. Vor der Tafel rangelten zwei weitere Jungs miteinander und knallten gerade gegen das Pult. Dazu der allgemeine Lärm der restlichen Klasse, die lachte, sich unterhielt, diskutierte und tatsächlich ein, zwei, die sich wirklich bemühten, wieder für Ruhe zu Sorgen. Franziska vor allem, die sich aber auch nicht mehr anders zu helfen wusste, als über alle anderen zu brüllen, dass sie endlich ruhig sein sollten. Wir zeigten uns also von unserer besten Seite, die immer rauskam, wenn uns kein Lehrer unter Kontrolle hielt.

Da hörte ich, wie direkt hinter mir die Klassenzimmertüre ins Schloss fiel.

Erschrocken drehten sich alle Gesichter zur Türe um. Wie eine Welle rollte die Stille von der Türe bis ganz vorne zur Tafel, wo nach geschlagenen Sekunden endlich auch die Rangelei aufhörte. Alle starrten das Trio an, das hereingekommen war. Herr Maienbach, unser Direktor, links; rechts Frau Manninger und Hellen in der Mitte. Herr Maienbachs Gesicht sah aus wie aus Beton gegossen. Es hatte sogar fast dieselbe Farbe. Frau Manningers Gesichtsausdruck war komisch. Sie lächelte ohnehin fast nie und guckte meistens ziemlich düster. Wir hatten sie seit der Fünften und ich war ganz gut geworden darin, ihren Gesichtsausdruck zu lesen, um zu begreifen, ob Ärger in der Luft lag. Aber dieses Gesicht kannte ich noch nicht. Ihre Lippen waren zu dünnen Strichen zusammengepresst und schienen ein wenig zu zittern. Ihre Nasenflügel bewegten sich auf und ab. Ihre Augen sahen – feucht aus? Als lägen Tränen darunter. Das war das erste Mal, dass ich an diesem Tag erschrak. Das erste von vielen Malen. Als ich verstand, dass ausgerechnet der Drache Manninger mit Tränen rang. Das Zweite von vielen Malen erschrak ich, als ich sah, wer zwischen ihnen stand.

Hellen hielt den Kopf gesenkt. Strähnen ihres braunen Haares hingen ihr müde ins Gesicht. Ihre Augen waren mehr rot als weiß. Sie waren eingebettet in dicken, schwarzen Ringen. Ihre Arme hingen schlaff an ihren Seiten herunter, ihre Hände zitterten. Alle paar Sekunden wurde ihr ganzer Körper von einem Erschaudern gepackt. Dann atmete Hellen schwer und feucht ein und aus. Es klang, als versuche sie zu weinen, aber es klappte nicht, weil nichts mehr da war, das herausgeweint werden konnte.

Jeder hörte Hellens quiekendes Röcheln, denn es war jetzt absolut still. Alle waren in ihrer Bewegung erstarrt, selbst Jochen, der einfach im Mittelgang stehen geblieben war und die Neuankömmlinge anstarrte wie das Reh die Lkw-Scheinwerfer. Auch die Manninger und Herr Maienbach sagten nichts und ließen Jochen einfach hinter sich, als sie mit Hellen zwischen sich den Mittelgang entlang gingen. Hellen bog alleine bei der ersten Reihe ab und setzte sich an ihren Platz. Dort saß sie mit schlaff herunterhängenden Armen und guckte mit glasigen Augen ins Leere.

Ich zwang mich, zu den beiden Lehrern zu gucken. Ich wollte Hellen nicht anstarren. Überall in der Klasse begann es so leise wie nur irgend möglich zu tuscheln. Ich wusste, was sie sagten, auch wenn ich es nicht verstand. Ich dachte dasselbe. Und Roger auch.

„Was hat denn Hellen angestellt, Joshua! Hast du eine Ahnung – das sieht ja echt schlimm aus!"

Ich hatte keine Ahnung. Woher sollte ich auch? Niemand hatte eine Ahnung von Hellen, außer Carmen und die war nicht da. Aber die meisten dachten wahrscheinlich das gleiche: Dass es Ärger geben würde...

Wir lagen falsch.

„Guten Morgen", sagte Herr Maienbach, blickte in die Klasse, räusperte sich, hustete und hob von Neuem mit belegter Stimme an.

„Guten Morgen, liebe Schüler. Frau Manninger und ich, wir haben euch heute eine Mitteilung zu machen, die ich in meiner ganzen Karriere als Schulleiter noch keiner Klasse machen musste. Und ich habe gehofft, es auch nie tun zu müssen"

Obwohl ich ganz hinten saß, konnte ich noch sehen, wie Herr Maienbach schluckte. Er machte die ganze Zeit komische Sprechpausen, wo er keine hätte machen müssen. Ich verstand, dass das keine normale Ansprache war, weil jemand Mist gebaut hatte. Die einzige, die anscheinend wusste, was los war, war Hellen. Und die hatte mittlerweile wieder zu weinen begonnen. Sie hatte die Arme auf der Tischplatte verschränkt und ihr Gesicht dazwischen verborgen. Die Geräusche, die von ihr herüberdrangen, klangen wie feuchtes Asthma. Aber niemand kam ihr zu Hilfe, niemand setzte sich neben sie, sprach mit ihr, versuchte sie zu trösten, irgendwas! Ich auch nicht. Ich mochte Hellen nicht, trotzdem kam sogar mir der Gedanke, dass doch irgendjemand etwas tun musste.

Herr Maienbach sprach weiter: „Wir haben erfahren, dass eure Klassenkameradin Carmen am Sonntagabend einem Unfall zum Opfer gefallen ist. Einem Unfall, den sie nicht überlebt hat. Carmen ist am Sonntagabend verstorben."

Absolute Stille. Ich schielte zu Roger herüber, aber der starrte nur mit halb offenem Mund nach vorne. Alle anderen taten dasselbe, so weit ich es sehen konnte. Nicht einmal mehr Getuschel, wir waren komplett gebannt von der wahnsinnigen Neuigkeit, die uns gerade eröffnet worden war.

Ich hätte sowieso nicht sprechen können. Etwas hatte sich in meiner Brust eingenistet und tat weh. Es fühlt sich an wie eine Hand, die mir die Luftröhre irgendwo unterhalb des Brustbeines von Innen zudrückte. Etwas verkrampfte sich und wurde zu einem heißen Ball aus Stacheln, der sanften, aber ständigen Schmerz ausstrahlte. Es war das Gefühl der Angst, der Wut, Verzweiflung und des Schmerzes. Mein Herz hämmerte so stark und so schnell, als versuchte es mit seinem panischen Pumpen die Zeit schneller vergehen zu lassen, damit diese Situation endlich ein Ende fand. Aber so funktioniert Zeit nicht.

Frau Manninger erzählte uns, was passiert war, so, wie es Carmens Eltern und die Polizei berichtet hatten.

Carmen war am Sonntagabend gestorben. Sie war alleine zu Hause gewesen. Man wusste nicht, wann es genau passiert war. Irgendwann gegen halb acht hatte sich Carmen ein Bad eingelassen. Irgendwas hatte sie wohl an ihrem Handy gemacht, was ihr ziemlich wichtig gewesen war. Zu wichtig, denn sie nahm das Handy mit ins Bad. Das war noch nicht der große Fehler gewesen. Bevor sie in die Wanne gestiegen war, hatte sich Carmen die Arbeit gemacht, ein Verlängerungskabel zu suchen, es einzustecken, es mit ihrem Ladekabel zu verbinden und dieses an ihr Handy anzuschließen. Das war erst der wirkliche Fehler gewesen. Der tödliche Fehler.

Irgendwann während ihres Bades musste ihr das Handy aus der Hand oder vom Wannenrand gerutscht sein. Der Rest war Physik. Es gab einen Kurzschluss. Im ganzen Haus waren die Sicherungen rausgeflogen, aber da war es schon zu spät gewesen. Durch den Stromschlag, den sie abbekommen hatte, hatte Carmen das Bewusstsein verloren. Ohnmächtig war ihr Körper komplett erschlafft und Carmen war mit dem Kopf unter die Wasseroberfläche gerutscht. Besinnungslos und ohne Schmerzen war Carmen an diesem Abend in der Badewanne ertrunken.

Eine Stunde später hatten ihre Eltern sie in einer stockdunklen Wohnung vorgefunden. Natürlich war jeder Wiederbelebungsversuch vergeblich gewesen. Ich konnte fast vor mir sehen, wie ihre Eltern schrien, den schlaffen, bleichen Körper ihrer Tochter aus dem eiskalten Wasser hoben, verzweifelt alles versuchten, dass sie wieder zu atmen begann. Den Notruf wählten, weil nichts mehr half. Warteten, bis der Rettungswagen kam. Die Sanitäter, die den toten Leib ihrer Tochter mitnahmen. Die Eltern alleine ließen in einer leeren, dunklen Wohnung. Ohne ihr Kind, das nie mehr zurückkehren würde.

Der brennende Stachelball in meiner Brust wuchs und mit ihm der Schmerz, den er verursachte.

Während Frau Manninger erzählte, sahen die meisten in der Klasse so belämmert aus, wie ich mich fühlte. Manche kniffen sich die Tränen aus den Augen. Ich nicht. Ich hatte keine Nerven, um zu weinen. Es bewegte sich gar nichts in mir. Nichts kam am brennenden Dornenball aus Angst und Verwirrung in meiner Brust vorbei.

Hellen weinte. Niemand wusste, etwas zu tun. Die beiden Lehrer anscheinend auch nicht. Sie sahen ziemlich überfordert aus, genauso wie

wir. Wieso hatten sie die Arme überhaupt mitge-
bracht? Verdammt beunruhigend, wenn die Erwachsenen erst genauso planlos sind wie man selber.

Erst, als Frau Manninger auf Hellen zu
sprechen kam, löste sich die Starre von ein paar
von uns. Alya stand plötzlich auf, ohne etwas zu
sagen, ging zwei Reihen weiter nach vorne und
setzte sich neben Hellen. Keine von beiden sagte
etwas. Alya streckte ihr die Hand hin und Hellen
ergriff sie, umklammerte sie, hielt sich daran fest
und weinte in den Ellenbogen.

Frau Manninger erklärte weiter. Hellen
hatte es gestern schon erfahren. Zuverlässig, wie
sie eben war, hatte sie alle Aufgaben für Carmen
zusammengesammelt, kopiert und, als diese nicht
geantwortet hatte, zu ihr gebracht. Carmens Eltern
kannten Hellen natürlich gut und hatten ihr er-
klärt, was los war. Dass sie ihre beste Freundin
verloren hatte. Mit diesem Wissen nur für sich war
sie wieder heimgegangen, hatte niemandem davon
erzählt und sei heute früh vor dem Rektorat aufge-

taucht. Da hatten sie es aber auch schon von der Polizei gewusst.

„Hellens Eltern sind informiert und auf dem Weg zur Schule, um sie abzuholen. Trotzdem wollte Hellen mit uns kommen und hier warten", sagte Frau Manninger und tat anschließend etwas Unglaubliches: Sie wischte sich Tränen aus den Augen. Dann unterbrachen ein Rumpeln, metallisches Scheppern und Alyas erstickter Schrei die Stille: Hellen war ohnmächtig vom Stuhl gekippt.

Aber Hellen blieb nur so zwanzig Sekunden weg und hatte sich wohl nicht verletzt. Der Stress, der Schock, die Trauer – das alles war wohl einfach zu viel gewesen. Danach konnte sie schon wieder aufstehen und Herr Maienbach brachte sie raus aus dem Zimmer und zurück ins Rektorat. Dort würden sie bleiben, bis die Eltern eintrafen.

So blieben Frau Manninger und wir alleine. Manche tuschelten wieder miteinander. Vor dem Tisch von Franziska hatte sich ein kleiner Ring von Jungs und Mädchen gebildet, die miteinander und vor allem mit Franziska sprachen. Sie war immerhin die Klassensprecherin. Aber vor allem war sie die Anführerin in unserer Klasse. Ganz egal, zu welcher Clique man gehörte – oder zu keiner, in meinem Fall – Franziska gehörte irgendwie überall dazu. Sie redete überall mit. Aber, was wichtig dabei war: Sie konnte auch überall irgendwie mitreden. Sie drängte sich nie so in den Vordergrund, dass es auffiel, aber schaffte es trotzdem immer, im Mittelpunkt zu stehen. Sie hatte sich diese Position in der Klasse hart erarbeitet – auch gegen Carmen, die beinahe die gleiche Position innehatte – innegehabt hatte, jetzt ja wohl nicht mehr, auch wenn sie dieses eine Mal all unsere Gedanken bestimmte.

Ich schaute mir das an, ging aber nicht dazu. Andere waren vorne am Pult und bombardierten Frau Manninger mit allen möglichen Fragen. Die gab sich alle Mühe, aus dem Mörderhöhle in ihrer Brust ein Herz zu machen, meine Klassenkameraden zu beruhigen und ihnen zu helfen. Auch daran wollte ich mich nicht beteiligen. Frau Manninger hatte auch ohne meine dummen Fragen genug zu tun. Ich wollte meine Ruhe haben, nicht das ständige Getuschel um mich herum. Ich wollte den Schmerz in meiner Brust loswerden, der mir die Luft abschnürte. Von dem ich nicht genau verstand, was er war. Woher er kam. Von Carmen, natürlich. Aber klar war das ein bisschen komplizierter.

„Du bist total blass!", flüsterte Roger neben mir. „Geht's dir gut, Joshua?"

Ich nickte.

„Nicht, dass es dir genauso geht, wie Hellen vorhin, Mann!", hakte Roger nach.

„Mir geht's gut", sagte ich. „Ich weiß nur nicht, was ich denken soll. Dass Carmen einfach weg ist …"

„Ich verstehe dich. Dass jemand aus der eigenen Klasse einfach so weg ist. Total abgedreht. Und dann noch so jemand wie Carmen. Was werden die in der Paraklasse sagen?"

Das interessierte mich wirklich nicht. Und ich hätte alles auch nicht als *total abgedreht* bezeichnet. Roger war schon in Ordnung, aber manchmal war er wirklich ein Idiot. Ich brauchte einfach irgendwas, worauf ich mich konzentrieren konnte. Irgendetwas oder irgendjemanden *nicht toten*.

Anscheinend hatte Frau Manninger mittlerweile gelernt, Gedanken zu lesen, denn sie stand auf und scheuchte die Mädchen und die Jungs vor ihrem Pult zurück an ihre Plätze.

„Normalerweise kann man sich als Lehrer jemanden in die Schule holen, wenn so was passiert", hob sie mit müder Stimme an. „Oder zumindest jemand von den Kollegen, die Religion geben, kümmern sich darum in solchen Situationen. Bieten Unterstützung, euch vor allem. Aber ihr habt selbst mitbekommen, wie viele Lehrkräfte krank sind. Weil mich schon viele darauf angesprochen haben: Natürlich wird es eine Trauerfeier in der Schule geben. Vielleicht noch diese Woche. Aber auch das muss vorbereitet werden und Herr Maienbach und ich, wir haben noch überhaupt keine Ahnung, wie viel Zeit es in Anspruch nehmen wird. Wir werden sehen, wie es weitergeht."

Damit war von offizieller Seite alles gesagt. Die letzten paar Minuten der ersten und die komplette zweite Stunde verbrachten wir damit, einen Film anzuschauen. Über Wasserkraftwerke, irgendwelche Stauseen in Bayern. Frau Manninger wusste sich anscheinend nicht mehr anders zu helfen, als uns mit solchem Zeug zu beschäftigen. Immerhin passte es zu unserem Thema momentan: Erneuerbare Energien. Ich fand das in Ordnung. Wer konnte schon daran denken, dass einem über das Wochenende eine Schülerin wegstarb und man dann auch noch diejenige war, die es der Klasse beibringen musste. Aber ein bisschen enttäuscht war ich von der Schule schon. Von dieser mächtigsten Vertreterin der Erwachsenenwelt in unseren Leben – dass ausgerechnet sie nichts Besseres auf die Beine stellen konnte. Carmens Tod wurde aufgeschoben oder was? Zwischenspeichern bis jemand vorbeikommen konnte, der sich damit auskannte.

Der Film war ganz in Ordnung. Es reichte nicht, um ganz an etwas anderes zu denken, aber zumindest an weniger. Einen halbwegs leeren Kopf zu bekommen. Leer von Carmen. Das funktionierte für mich, bis mir klar wurde, dass es funktionierte. Tatsächlich bis zu dem Moment, als mir der Gedanke durch den Kopf ging: *Hey, es geht mir besser.* Das war, wie es mit dem Einschlafen ist: Du merkst zwar, dass du müder und müder bist. Aber dass du geschlafen hast merkst du erst, wenn du plötzlich aus deinem Schlaf hochschreckst und merkst, dass du gar nicht die ganze Zeit über wach gewesen bist. Erst, als ich aus der Ablenkung wieder auftauchte, wurde mir klar, dass der Schmerz in meiner Brust für einige Zeit weg gewesen war.

Der Ball aus Flammen und Stacheln hatte für einige Zeit vergessen, zu brennen und zu stechen. Jetzt, ganz plötzlich, als mir klar wurde, dass er weg gewesen war, kehrte er zurück. Größer als zuvor. Er füllte meinen Brustkorb aus, riss an meinem Zwerchfell, dass das Atmen wieder schwerfiel. Das Blut hämmerte in meinen Ohren.

Carmen, dachte ich. *Carmen ist weg*. Carmen würde nicht mehr zurückkommen. Was war das letzte, was sie mir gesagt hatte? Wann hatten wir überhaupt miteinander gesprochen? Was hatte ich zu ihr gesagt? Ich hatte keine verdammte Ahnung und das kotzte mich an! Vorhin hatte ich ein paar Leute darüber reden hören, wann sie Carmen das letzte Mal gesehen oder gesprochen hatten. Ich hatte keine solche Geschichte.

Der brennende Ball in meiner Brust wuchs.

Am Freitag war Carmen da gewesen, da musste ich doch mit ihr gesprochen haben! Irgendwas gesagt haben! Es musste irgendwas in meinem Kopf sein – aber da war nichts.

Der Ball wuchs weiter, mein Herz schlug schneller.

Ich wusste nicht einmal, ob es was Nettes gewesen war. Ich hatte mich am Freitag wahrscheinlich wie jeden Freitag vor allem darauf konzentriert, die Sekunden zu zählen, bis endlich das Wochenende anfinge.

Ich versuchte, an Carmen zu denken. Ich versuchte, an das zu denken, das fehlte. Ich strengte mich an, die halb gelöschten Bilder von vor vier Tagen wieder in mein Bewusstsein zu hieven. Aber es kam nichts. Oder besser: Es kam nichts, woran ich mich erinnern wollte, nichts, was ich würde teilen können. Sogar in solchen Situationen gibt es Dinge, die man sich nicht einmal zu denken traut.

...

Vielleicht war ich auch nicht ganz ehrlich mit mir gewesen. Carmens Fehlen war mir am Montag schon aufgefallen. Ein wenig Gedanken hatte ich mir schon gemacht. Und zwar war ich dem Klassenchat nicht die ganze Zeit gefolgt, aber ich hatte schon verstanden, dass etwas nicht stimmte, als Hellen sich gemeldet hatte. Richtig *egal* war mir Carmen nicht gewesen. So was sagt man sich halt, wenn man Gefühle hat, die man lieber abblockt. Aber wenn man solche Gedanken und solche Gefühle so weit von sich wegschiebt und versucht, loszuwerden, umso komischere Formen nehmen sie an und umso mehr drängen sie zurück.

„Weinst du, Joshua?", fragte Roger neben mir.

„Alles in Ordnung", log und ich und stand auf. Ich folgte dem Ritual, dem in der vergangenen Stunde schon einige gefolgt waren: Ich signalisierte Frau Manninger stumm, dass ich den Raum verlassen wollte, sie nickte und ich verschwand aus dem Klassenzimmer und setzte mich draußen auf die Bank im Flur, über der unsere Jacken, Mützen und Schals hingen. Und ich heulte.

Ich heulte, weil Carmen nicht da war und weil sie nie mehr kommen würde. Weil ich nichts hatte, worüber ich heulen konnte, weil ich keine guten Erinnerungen an sie hatte. Nur das allgemeine, dumme Rauschen, die gemeinsamen Erinnerungen an sie, die alle anderen auch hatten. Wir waren als Klasse vor drei Jahren nach Österreich gefahren. Klar, daran erinnerte ich mich. Aber daran erinnerten sich alle. Ich erinnerte mich daran, dass Carmen dabei war – klar. Aber ich erinnerte mich an nichts, das besonders war. Ich wollte auch persönliche Erinnerungen an Carmen haben, die nur sie und ich hätten kennen können. Erinnerungen, die ich mit anderen teilen konnte, wenn ich wollte, und die ich für mich behalten konnte, wenn ich sie nicht teilen wollte. Nicht zu wissen, mit wem zu sprechen und nichts zu sagen zu haben, machte mich fertig.

Es gongte, als ich draußen war. Aus den Augenwinkeln sah ich, wie Schüler schwätzend, schreiend und lachend an mir vorbeizogen. Ich spürte immer wieder einen Luftzug auf meinem feuchten Gesicht, wenn jemand nah an mir vorbeihastete. Niemand blieb stehen, um zu gucken, wieso ein Neuntklässler heulend im Flur saß. Niemand sprach mich an, kein Schüler und kein Lehrer. Vielleicht wussten die ja auch was. Dass man diese Woche die 9b nicht anzusprechen brauchte, oder so.

Ich zuckte kurz, als sich rechts von mir unvermittelt die Türe zu unserem Klassenzimmer öffnete. Ein paar Leute kamen heraus. Alya und Yasmin, die sich schweigend die Jacken anzogen und die Treppe hinter mir hinuntergingen. Kaum zehn Sekunden später öffnete sich die Türe wieder. Jochen, Lisa, Nils, Jonas. Sie unterhielten sich und als sie an mir vorbei waren, glaubte ich sogar, sie leise kichern zu hören. Keine Ahnung, was sie zu lachen hatten, aber ich fand es ein bisschen eklig, dass sie an diesem Tag so etwas hatten.

Der Rest der Klasse durfte wohl drinnen bleiben. Ich wusste nicht, wo ich hin sollte, raus auf den Hof oder zurück ins Klassenzimmer. Draußen war es kühl, es gab frische Luft, aber genauso auch das unbeschwerte Lärmen derjenigen Klassen, denen nicht gerade ein ziemlich beliebtes Mitglied weggestorben war.

Ich stand auf. Ich würde im Klassenzimmer bleiben. Als ich mich gerade zur Türe drehte, tauchte in meinem Augenwinkel etwas Komisches auf. Eine Gestalt. Ein Mädchen. Ich hatte sie nicht genau erkennen können. Etwa so groß wie ich, was bei meinen 1,72 Metern nicht viel bedeutete. Sie hatte die Kapuze ihres dünnen, violetten Pullis über den Kopf gezogen. Nur ein paar Haarsträhnen ragten darunter hervor. Schulterlang und rot.

Rot? So rot wie Carmens Haare? Das Mädchen lief hinter mir durch und ich konnte kaum noch einen flüchtigen Blick auf sie erhaschen. Hatte sie mich nicht auch kurz angesehen?

Ich wusste nicht, wer es gewesen war. Eine aus der Oberstufe, wahrscheinlich, mit denen ich nichts zu tun hatte. Mir war nie aufgefallen, dass es an der Schule jemanden gab, die Carmen so ähnelte. Und dann auch noch etwa in der gleichen Größe, gerade so, dass wir einander in die Augen gucken konnten. Keine Ahnung, wer sie war, sie hatte mich kurz an Carmen denken lassen. An ihre Haare, die mir schon in der Grundschule so schön vorgekommen waren.

Carmens Haare. Sie wurden im Laufe des Winters immer dunkler und hellten sich während des zweiten Halbjahres wieder auf. Carmen hatte im Endeffekt drei Haarfarben gehabt: Aprikosenblond im Sommer, verwaschene Kirsche im Winter und dezente Erdbeerfarbe jeweils dazwischen. Das war eine Erinnerung! Eine, die nicht nur mir gehörte, klar, aber immerhin schon etwas Besonderes. Ein bisschen ließ der Schmerz in meiner Brust nach.

„Wir dürfen drinnen bleiben, wenn wir wollen, hat Frau Manninger gesagt", flüsterte mir Roger zu, als ich mich wieder an meinen Platz setzte. Ich nickte nur und wartete darauf, dass die Zeit verging. Jemand hatte ein Fenster geöffnet, um frische Luft hereinzulassen und das Geschrei und Lachen, das von draußen hereindrang, was so laut, dass man kaum den Film verstehen konnte. Aber nichts davon interessierte mich. Ich wollte einfach nur noch weg.

Am Anfang der dritten Stunde kam es dann fast zu einer Prügelei in der Klasse.

Nach dem zweiten Pausengong trudelten langsam wieder diejenigen ein, die in der Pause gewesen waren. Sie grinsten bescheuert, als machte ihnen der Schultag Spaß. Als wäre das wichtigste, dass heute kein normaler Unterricht war. Ich war nicht der einzige, dem das auffiel. Als die Jungs durch den Mittelgang des Klassenzimmers auf ihre Plätze zugingen, trafen sich Franziskas und mein Blick. Sie guckte genauso angepisst wie ich. Etwas brodelte in ihr. Zumindest hielten sie die Klappe.

Kurz darauf wurde Frau Manninger von unserem Mathelehrer abgelöst. Das war ein dicker, junger Mann; Herr Kasimir. Vor zwei Jahren hatten wir ihn noch als Referendar gehabt. Ein stiller, fast schüchterner Kerl, der immer ein kleines bisschen überfordert ausgesehen hatte. Seitdem fühlte er sich offensichtlich wohler in seiner Lehrerhaut und hatte unsere Klasse besser unter Kontrolle. Aber heute sah er wieder so aus wie der Typ, der vor ein paar Jahren mit Herrn Maienbach als Beobachter vor einer sechsten Klasse gestanden hatte und die erste Mathestunde seiner Karriere hielt. Und sie in den Sand setzte. Wir hatten ihn damals komplett zerkaut und wieder ausgespuckt.

„Ich weiß, was los ist", sagte er einfach, „und wir haben zwei Möglichkeiten. Entweder, wir machen es so wie bei der Kollegin gerade. Oder wir beschäftigen uns mit etwas ganz anderem. Mathe schwebt mir vor. Ihr wisst schon, um auf andere Gedanken zu kommen."

Sein letzter Satz wurde mit Nicken überall in der Klasse beantwortet. Ich nickte genauso und murmelte auch irgendwas Zustimmendes, glaube ich.

Da stand Markus vorne rechts auf.

„Ich will jetzt nicht lernen. Heute kann keiner mehr etwas lernen mit dem, was passiert ist!" Er klang müde. Oder traurig. Oder beides, so genau kannte ich mich mit den Gefühlen von anderen nicht aus. Für eine Sekunde war es ganz still, alle Augen ruhten auf Markus, auch die von Herrn Kasimir. Markus sah sich um und auch er bekam hier und da ein Nicken zur Antwort, aber es waren bedeutend weniger und alle blieben stumm.

„Dann geh doch einfach raus!", warf jemand ganz vorne ein.

Da schrie Markus plötzlich: „Erst irgendein dummer Film und jetzt das? Wie könnt ihr jetzt an scheiß Mathe denken, wenn Carmen tot ist?" Jetzt erkannte sogar ich an seiner Stimme und an seinem Gesicht, dass Markus kurz davor war, loszuheulen.

Niemand antwortete ihm, zumindest nicht mit Worten. Eine Papierkugel flog quer durch das Klassenzimmer und traf Markus am Kopf. Bevor der überhaupt reagieren konnte, entbrannte an der Fensterseite schon ein Gerangel. Lukas und Kiril rissen beide an einem Block, Franziska hinter ihnen schrie, sie sollten aufhören und Lukas solle das doch lassen. Es musste wohl er gewesen sein, der die Papierkugel geworfen hatte. Hände griffen nach den beiden und versuchten, sie auseinander zu ziehen, als Kirils schlag mit der flachen Hand auf Lukas' Wange traf.

Die Hölle brach los.

Lukas machte sich daran, sich auf seinen Sitznachbarn zu stürzen.

„Hey!"

Es war ein Schrei, wie wir ihn von Herrn Kasimir noch nie gehört hatten: zornig und selbstbewusst. Genauso schritt er jetzt auch an den vorderen Reihen vorbei durch das Klassenzimmer und entriss beiden Jungs den Block.

„Der schmeißt einfach Markus ab", protestierte Kiril. „Der muss doch auch reden dürfen!"

„Soll er doch rausgehen, wenn er Ruhe braucht", gab Lukas hitzig zurück. „Ich will endlich irgendwas anderes machen als sitzen und warten, bis die Zeit vorbei ist."

Ich konnte sie beide verstehen. Alle drei, eigentlich.

„Und dann löst ihr diesen Konflikt, als wärt ihr immer noch in der vierten Klasse und noch nicht in der Neunten?", fauchte Herr Kasimir, als Kiril den Mund schon zu einer Gegenrede geöffnet hatte. „Heute zumindest muss das anders laufen können, in Anbetracht, was wir heute erfahren haben." Dann ließ Herr Kasimir den Block einfach auf den Tisch fallen.

Das trockene Platschen des Papiers auf der Tischoberfläche war das Signal für Markus, sich endlich wieder zu setzen. Leises Schluchzen war jetzt aus seiner Reihe hörbar.

„So weit ich gesehen habe", wandte sich Herr Kasimir jetzt wieder an die ganze Klasse, „schienen die meisten von euch mit meinem Vorschlag einverstanden gewesen zu sein. Und ich denke auch, dass es das Beste sein wird fürs Erste. Natürlich darf jeder von euch auch raus, wenn er oder sie will. Oder mit mir sprechen, im Klassenzimmer oder draußen auf dem

Flur. Aber vorher setzen wir uns erst einmal alle wieder hin, um zur Ruhe zu kommen."

Zur Antwort gab es nur Getuschel, aber keinen Widerstand mehr. Wir machten nichts Neues in Mathe, natürlich. Stattdessen hatte Herr Kasimir alle möglichen Arbeitsblätter kopiert und verteilte sie zwischen den Tischreihen. Während wir uns in die Aufgaben einlasen, ging Herr Kasimir durch die Reihen, sprach immer wieder jemanden an, fragte, wie es einem ging oder gab einfach nur Tipps. Es war ihm, glaube ich, ganz egal, was wir genau machten, wenn es nur einigermaßen nach Mathematik aussah und wir ruhig blieben.

Ich versuchte mich an den Aufgaben. Klammern auflösen, komplizierte Gleichungen nach X auflösen und so weiter. Einfach waren sie wirklich nicht. Aber zum ersten Mal war ich wirklich froh darüber, etwas Schwieriges in Mathe zu tun zu bekommen, denn es lenkte echt für einige Zeit von dem ab, woran sonst jeder von uns ununterbrochen dachte. Carmen, die wie eine schwarze, Gedanken aufsaugende Wolke über uns hing.

Bei mir funktionierte das sogar ziemlich gut. Immer wieder kam ich an Stellen, wo ich fast nichts mehr verstand, die Zahlen und Buchstaben, die Rechenzeichen, Bruchstriche und Klammern vor meinen Augen verwischten. Aber meistens kam ich irgendwie um die Probleme herum oder ignorierte die Aufgabe einfach und machte mit etwas Neuem weiter. Nur vage hörte ich den Gong zwischen der dritten und vierten Stunde. Herr Kasimir hatte mit seinen Aufgaben mein Gehirn geblufft und der Wunsch, nur so weit wie möglich wegzukommen von der Schule, dem Kummer, Carmen, trieb mich weiter an, mich kopfüber in der Mathematik zu versenken.

Nur einmal, mitten in der vierten Stunde, musste ich Luft holen, mich zurücklehnen, dem verwirrten Mathe-Zentrum in meinem Gehirn ein paar Augenblicke zum Abkühlen gönnen. Ich ließ meinen Blick durch das Klassenzimmer schweifen. Roger neben mir war heillos überfordert. Er war ein paar Aufgaben vor meiner jetzigen schon hängen geblieben. Auf seinem Blatt war viel durchgestrichen. Die letzte Aufgabe hatte er dreimal neu angefangen. Er war scheinbar dabei, sich total zu verrennen. Hier war keine Hilfe zu erwarten. Herr Kasimir stand gerade an der anderen Seite des Klassenzimmers hinter Alya, beugte sich über ihre Schulter und deutete wohl auf irgendwas auf dem Blatt. Alle beschäftigten sich irgendwie still, die meisten arbeiteten wohl tatsächlich an den Aufgaben, manche schoben nur lustlos den Bleistift und den Füller über ihre Tische. Markus ganz vorne starrte aus dem Fenster. Franziska unterhielt sich leise mit praktisch der ganzen Tischreihe, aber sie wurden nie laut, sie störten nie jemanden vor oder hinter ihnen. Franziska sah unheimlich gefasst aus.

Mein Blick schweifte weiter ab und landete auf dem Flur, den wir durch unsere Fenster auf der anderen Seite des Lichthofes sehen konnten. Da war sie wieder. *Sie!* Diese Oberstufenschülerin mit Carmens Haaren. Wieder sah ich ihr Gesicht nicht, wieder hatte sie die Kapuze hochgezogen. Aber ich erkannte ihre Klamotten wieder, den dünnen lila Kapuzenpulli und die schwarze Stoffhose. Und das rote Haar, das unter der Kapuze links und rechts hervorschaute. Es musste dieselbe sein! Was machte sie mitten in der Unterrichtszeit auf dem Flur? Stand einfach so in einem dunklen Schulflur herum und starrte durch Fenster. In die diesigen, grauen Novemberwolken oder sogar zu uns? Hatte Markus sie auch gesehen und deswegen so gestarrt? Mein Blick zuckte kurz zu ihm, aber Markus hatte schon wieder den Kopf gesenkt. Als ich mich wieder zum Fenster drehte, war das Mädchen weg.

Damit war meine Konzentration endgültig weg. Ich dachte an das komische Oberstufenmädchen. Aber eigentlich nicht an sie, sondern nur daran, wie sie mich an Carmen erinnerte. Der Schatten über mir, die dunkle Wolke, erschien wieder und sofort entbrannte wieder der Schmerz in meiner Brust. Die Uhr am anderen Ende des Klassenzimmers neben der Tafel tickte, Sekunde für Sekunde und ich konnte mich auf nichts mehr konzentrieren. Ich konnte an nichts mehr vernünftig denken, nicht einmal mehr an Carmen, die mir jeden anderen Gedanken zerschossen hatte.

Ich konnte nur noch auf das Ende dieser Stunde warten – und auf das Ende des Schmerzes.

Zwei Heimwege

Wie am Montag wurden wir zur zweiten Pause entlassen. Während die ganze restliche Schule durch die Seiteneingänge auf den Schulhof strömte, hastete unsere Klasse nach und nach durch die Flure und zum Haupteingang hinaus.

Die meisten konnten es kaum erwarten, rauszukommen, schmissen ihre Sachen in die Taschen und flohen aus dem Klassenzimmer. Mir war nicht danach, mich abzuhetzen. Ich machte extra langsam, ließ mich auf dem Flur vor unserem Klassenzimmer zurückfallen, ging nicht die Treppe direkt bei uns hinunter, sondern ging um den Lichthof herum in den Flur, wo ich das Mädchen gesehen hatte. Sie war nicht da. Klar. Dort ging ich die Treppe extra langsam hinunter und blieb auf der Mitte der Treppe sogar stehen und wartete, bis der Lärm abgeebbt war, bevor ich weiterging.

Irgendwo aus einem Gang Richtung Lehrerzimmer und den Büros der Schulleitung hallten Satzfetzen zu mir. Lehrer, die sich über irgendetwas unterhielten, das anscheinend in der Nähe von Schülern keinen Platz hatte. An jedem anderen Tag hätte ich mich an die Ecke gestellt, so getan, als müsste ich mir die Schuhe binden und ein bisschen zugehört. Hatte irgendjemand Nachsitzen kassiert? Wurde jemand mit etwas erwischt, dass er nicht hätte haben sollen – und mit was genau? Irgendwas Privates? Solche Infos konnten echt nützlich sein, wenn man irgendjemandem auf den Geist gehen wollte. Oder, wenn man einen Gefallen oder so was brauchte mit ein bisschen Druck dahinter.

Aber ich ließ diese einmalige Chance links liegen. Ich wollte nur aus der Schule raus.

Während ich durch die Aula zum Haupteingang der Schule ging, hörte ich hinter mir eine Türe ins Schloss fallen und hastige Schritte. Von einem Paar Füßen oder von zwei? Ich drehte mich nicht um, aber ich war ziemlich sicher, dass es zwei Leute sein mussten.

Gerade, als ich den Knauf der Türe nach draußen in der Hand hatte, erreichten mich die Schritte.

„Hey!", keuchte Franziska. „Warte mal!"

Langsam drückte ich die Türe auf und ging weiter, während ich mich umdrehte. Nur Franziska kam hinter mir her – keine Ahnung, warum ich mehr als eine Person gehört hatte. Ich hatte auch keine Gelegenheit, darüber nachzudenken, denn gerade, als Franziska in mein Blickfeld gelangte, klatschte mir etwas Nasses, kaltes ins Gesicht und rutschte an meiner Wange herab. Dann wischte sich Franziska ihre feuchten Hände an meiner Kapuze ab.

„Sorry", keuchte sie, „ich hatte keine Zeit, mir die Hände zu waschen. Und ich hab mir so derbe über die Hände gepinkelt, dass ich sie nicht an der Luft trocknen lassen konnte."

Ein alter Witz und normalerweise erzählten wir ihn ein bisschen geschickter. „Hab mir über die Hände gepinkelt", Wasser ins Gesicht spritzen, fertig. Aber es wirkte, ich musste tatsächlich dümmlich grinsen, während sich Franziska feixend bei mir einhakte und mit mir weiterging. Gemeinsam überquerten wir den Vorhof der Schule und die Straße. Erst auf der anderen Seite löste sie sich wieder und verlangsamte ihren Schritt.

„Dein Fanclub ist schon ohne dich weg?", fragte ich.

„Nur, weil du keine Freunde hast, brauchst du über meine nicht so zu reden!", warf mir Franziska grinsend zur Antwort entgegen. Aber sofort danach gefror ihr Lächeln und fiel ihr vom Gesicht. „Mir ist das gerade einfach zu krass, Joshua!", sagte sie. Sie klang nicht direkt traurig oder weinerlich oder aufgeregt, es war einfach eine Feststellung. „Mir ist das alles zu heftig. Gestern waren wir noch neunundzwanzig in der Klasse oder haben das geglaubt. Und wir sind jetzt eine weniger! Und Carmen kommt auch nie mehr. Und ausgerechnet Carmen. Das ist einfach zu krass!"

„Bist du traurig?", fragte ich.

„Natürlich!", antwortete Franziska sofort ganz laut und bestimmt. Aber dann schaute ich ihr ins Gesicht und war mir nicht ganz sicher. „Das heißt", fügte sie hinzu, „ich weiß es nicht genau. Man soll sich ja schon so fühlen, in solchen Situationen. Es soll einem ja auch klar sein, was man fühlt. Traurigkeit und Angst und was weiß ich. Vorhin sind alle zu mir gekommen und haben mit mir reden wollen und ich habe gemerkt: Ich weiß es doch selber nicht, was ich fühle. Es ist alles einfach zu heftig."

„Das kommt bestimmt noch", sagte ich, um ihr Mut zuzusprechen. Oder mir selber. Was Franziska da sagte, traf auf mich genauso zu. „Man weiß einfach nicht, was man tun soll. Oder fühlen soll. Was man denken kann. Ich glaube, wenn wir das alles verdaut haben, erst mal, dann kommen die Gefühle durch."

„Du hast vorhin doch geheult!"

„Ein bisschen bloß!", protestierte ich. „Aber seitdem – ich habe keine Ahnung, was ich jetzt fühlen soll. Ich glaube, es geht uns da ähnlich."

„Deswegen haben wir auch früher so gut zusammengepasst", murmelte Franziska durch ein Grinsen, das langsam wieder aufkeimte. „Außer, dass ich halt das beliebteste Mädchen der Schule bin und du ein komischer Einzelgänger."

Ohne Carmen, dachte ich, *bist du auf jeden Fall das beliebteste Mädchen der Klasse.* Aber klar sagte ich nichts, sondern ging einfach mit ihr weiter Richtung Bushaltestelle.

„Hast du dir den Elternbrief durchgelesen?"

Fünf Minuten vor Schluss war Herr Maienbach hereingekommen und hatte Herrn Kasimir einen Stoß Blätter in die Hand gedrückt. Eine kurze Mitteilung an unsere *Erziehungsberechtigten*, dass eine Klassenkameradin *verstorben* ist, die aber nicht namentlich genannt wurde.

„Fünf Zeilen, in denen es nur darum geht, wieso sie niemanden schnell genug auftreiben konnten, der mit uns darüber reden kann. Grippe und dass man sich aber trotzdem immer bei der Schulleitung melden könnte, solange das Büro besetzt ist. Bis fünfzehn Uhr halt. Morgen soll wohl einer kommen, der mit uns darüber redet. Vorher sind wir die Probleme von allen anderen, nur bloß nicht von der Schule!"

„Die Schule lässt uns damit allein. Ich dachte immer, Schulen wären besser auf so was vorbereitet."

„Das dachte Herr Maienbach wahrscheinlich auch, bis es dann plötzlich ernst wurde und der ganze Mist auf einmal durch den Ventilator geflogen ist."

Vor der Bushaltestelle angekommen studierte Franziska den Fahrplan und verzog das Gesicht.

„Es dauert noch über eine Dreiviertelstunde, bis der nächste Bus über den Bach kommt!"

Klar, es war nicht vorgesehen, dass man hier um diese Uhrzeit einen Bus ins Wohngebiet brauchte.

„Läufst du?", fragte ich.

Franziska nickte.

„Bringt mir eigentlich auch nichts, hier zu warten", sagte ich und wir gingen gemeinsam weiter. Eine Viertelstunde lang trotteten wir den Bach entlang und redeten. Über Frau Manninger, wie gruselig es gewesen war, sie so aufgelöst zu sehen. Über die Jungs. Über Herrn Kasimir.

„Dass er so schweres Zeug mitbringen musste!"

„Das hat er bestimmt absichtlich gemacht. Je schwerer sie sind, umso abgelenkter sind wir."

Wir redeten über alles mögliche, aber wir sprachen nicht miteinander. Wir bewegten unsere Münder und machten sinnvolle Geräusche damit, um uns selber und einander zu beschäftigen. An der Brücke über den Bach trennten wir uns. Eine kurze Umarmung, ein kurzes „Bis Morgen!". Aber dann zögerte Franziska doch noch.

„Joshua", murmelte sie, „du wirst doch nichts erzählen, oder? Von unserem Ding mit Carmen, meine ich, jetzt, wo alles um sie geht?"

„Natürlich nicht!", antwortete ich sofort. Da steckte ihr Hals genauso in der Schlinge wie meiner.

Franziska akzeptierte die Antwort, nickte wieder, dann drehte sie sich um und überquerte die Brücke.

Ich schaute ihr hinterher und sah zu, wie sie auf der anderen Seite des Baches wieder den Fußweg betrat, nach links über eine kleine Anhöhe stieg und hinter Bäumen verschwand. Sie drehte sich kein einziges Mal um. Gut, es hätte wahrscheinlich komisch ausgesehen, wenn ich ihr so hinterher guckte, also war das schon in Ordnung. Aber irgendwie tat es andererseits auch ein bisschen weh. So blieb ich sofort alleine mit meinen ratlosen Gedanken. Mit Carmen. Ihrem Tod. Ein paar Sekunden, nachdem Franziska aus meinem Blickfeld verschwunden war, drehte ich mich schließlich um.

Da stand sie vor mir.

Ihr rot schimmerndes Haar war zu einem dicken Zopf zusammengebunden, der unter der Kapuze eines dünnen, lila Pullis hervorschaute. Silberne Klammern hielten rebellisch fliegende Strähnen zusammen und ihr blasses Gesicht frei. Es hatte wirklich überhaupt keine Farbe mehr, nicht auf den Wangen, nicht an der Nase, den Lippen oder an den Ohren. Kein bisschen rot, obwohl es so kalt war, dass einem die Nasenhaare einfroren und dicke Nebelwolken vor dem Gesicht herum waberten. Ihre Augen waren noch blasser als sonst und hatten das Blassgrün des Baches hinter mir.

Mein Herz gefror mitten im Schlag, als ich Carmen sah. Ich schrie und sie lächelte nur, als wäre nichts dabei. Dann zuckte der Schreck wie ein elektrischer Schlag durch meinen ganzen Körper und bis in die Füße und die Fingerspitzen. Reflexe übernahmen die Kontrolle. Ich hob die Hände vor das Gesicht und machte einen Schritt zurück. Zumindest muss das die Idee meines Kleinhirns gewesen sein. In der Praxis wedelte ich nur bescheuert vor meinem Gesicht herum, rutschte auf dem glatten Boden aus und es war ziemlich schwierig, überhaupt auf den Füßen zu bleiben. Beschäftigt damit, nicht aufs Maul zu fallen, verlor ich Carmen für ein paar Sekunden aus den Augen und als ich endlich wieder stabil stand, hatte ich fast die Hoffnung, sie könnte wieder verschwunden sein. Nur ein Streich meiner Fantasie, weil meine Gedanken sich schon den ganzen Morgen lang um Carmen gedreht hatten. Vielleicht war da wirklich jemand und ich hatte mich einfach nur verschaut und kam dem Menschen jetzt komplett blöd vor.

Tatsächlich stand da wirklich jemand, nach wie vor, nur einen Meter von mir entfernt! Und dieser jemand sah wirklich so aus, als hielte sie mich für komplett bescheuert. Nur war es immer noch Carmen, die mich ziemlich entgeistert anguckte.

„Joshi, sag mal, was ist bei dir gerade kaputt?"

„Carmen?", flüsterte ich. „Was machst du hier?" Es war keine gute Frage, aber es war alles, was ich rausbekam.

„Was ich mache?", wiederholte Carmen komplett verständnislos. „Bis gerade war ich damit beschäftigt damit, dir zuzusehen, wie du Franziska auf den Hintern glotzt! Machst du das öfter so, Mädchen auf dem Heimweg begleiten, um ihnen dann so hinterher zu gucken?"

Sie grinste herausfordernd, als wäre sie bereit für eine genauso provokante Antwort von mir. Aber mir stiegen bloß die Tränen in die Augen. Der brennende Ball aus Stacheln in meiner Brust rotierte wie ein durchdrehender Motor, stotterte – dann riss etwas in meinem Inneren. Tränen begannen, aus meinen Augenwinkeln und über meine Wangen zu rollen. Meine Unterlippe zitterte und meine Lungen verkrampften sich so sehr, dass ich kaum ein verständliches Wort wimmern konnte.

„In der Schule haben sie gesagt, dass du tot bist. Dass du in der Badewanne ertrunken bist! Was machst du hier?"

„Jaaaaaaaaaaa", hob Carmen an und zog dabei den Vokal lang, als wollte sie nicht wirklich darüber sprechen. „Was das angeht …"

„Du lebst!"

Aber ein Schatten wanderte über Carmens blasses Gesicht und blieb über ihren Augen hängen.

„Das stimmt schon. Ich bin Sonntagabend bei mir zu Hause gestorben. Meine Eltern haben mich gefunden, wahrscheinlich irgendwann, als du von eurer kleinen Feier heimgekommen bist."

Jetzt, da der brennende Ball endlich geborsten war, das nagende Gefühl, zu wenig zu haben, das mich den ganzen Vormittag über zersägt hatte, endlich weg war, kroch etwas Neues aus den tiefen meiner Bauchhöhle hinauf: Panik. Weil das jetzt vollkommener Wahnsinn war. Ich verstand überhaupt nichts mehr und das machte mir mehr Angst als das Mädchen vor mir, die gar nicht da sein durfte.

„Joshi, bitte, es tut mir leid!", sagte Carmen, streckte ihre Hand aus und umklammerte meine rechte. Sie war eiskalt. „Es tut mir leid, dass ich dich erschreckt habe, bitte beruhige dich. Es ist wahr, dass ich tot bin. Und es ist auch wahr, dass ich hier bin. Sieh mal, mein Atem!"

Was war damit? Carmen spitzte die Lippen und blies sanft hindurch. Ich spürte ihren Atem auf meinem Gesicht. Er roch angenehm blumig, als hätte sie Parfum oder so was getrunken. Er war kalt und trocken. Was also war damit?

Carmen sah mich erwartungsvoll an und wiederholte die Prozedur, als ich sie nur unverständlich anschaute. Dann, endlich, nach einer quälenden halben Minute, fiel der Groschen.

„Ich kann deinen Atem nicht sehen", flüsterte ich, während die Luft, die ich ausatmete, als feine Wölkchen zwischen uns hindurch waberte. „Das ist unmöglich!", flüsterte ich, aber Carmen zuckte nur mit den Schultern.

„Tote sollten nicht atmen, da fällt so was normalerweise nicht groß auf. Nur eben in solchen Situationen, wie jetzt, da kann man nix verheimlichen."

„Dann bist du gar nicht da! Ich werde einfach nur komplett verrückt!"

„Bin ich nicht da, Joshi?", fragte Carmen, wedelte mit einer Hand vor meinen Augen herum, während sie mit der anderen weiter meine Hand festhielt und spürbar zudrückte, dass es fast ein bisschen weh tat. „Fühlst du mich denn nicht? Und hören kannst du mich auch!"

Dagegen konnte ich jetzt auch nicht viel Sinnvolles einwenden, denn sie hatte recht. Carmen war da und ich hatte noch nie in meinem Leben Halluzinationen gehabt. Carmen war da.

„Aber warum?", fragte ich.

„Ich weiß es nicht. Ganz ehrlich nicht. Welcher Tag ist heute?"

Ich sagte es ihr.

„Dann habe ich eine ganze Weile geschlafen. Mehr als einen Tag. Ich bin heute früh irgendwann erst wieder aufgewacht, so zwanzig Minuten nach acht. Aber ich habe mich zuerst ziemlich verlaufen, mein Kopf war wie in Watte gepackt gewesen. Ich weiß noch, dass ich in der Schule gewesen bin; da habe ich mich auch nicht zurechtgefunden. Und dann habe ich dich in der Aula gesehen, Joshi, und bin dir hinterher. Aber Franziska war schneller und so lange sie bei dir war, habe ich es nicht geschafft, deine Aufmerksamkeit zu bekommen. Dass du mich dann doch auf einmal sehen kannst, hat mich, ehrlich gesagt, auch ein bisschen erschreckt. Dass du dann gleich so herum spackst, hätte ich ja nicht ahnen können!"

Das klang ungefähr nach einer Art Erklärung, wie sie in so einer Situation zu erwarten war. Ich fühlte immer noch mein Herz so stark hämmern, dass es schmerzte. Aber es raste schon nicht mehr so wie vorher. Meine Wangen waren noch nass und kratzten von der Kälte, die die Feuchtigkeit anzog. Aber es kamen keine neuen Tränen mehr nach. Langsam fuhr mein Gehirn nach dem panischen Neustart wieder hoch und ich konnte wieder mit dem klaren Denken anfangen.

Ich hatte keine Ahnung, was ich davon halten sollte. Von dem, was ich wusste – dass Carmen da war, vor mir stand, mit mir sprach. Und von Carmens Geschichte, die ich nicht verstand.

„Wieso bist du jetzt hier?", fragte ich.

„Ich war einfach so froh, dich zu sehen. Ich hatte irgendwie das Gefühl, dass du mich schon würdest sehen können, irgendwann. Dass ich bei dir bleiben sollte, bis es so weit ist. Dass du mich sehen willst, nur nicht weißt, dass das wirklich auch geht."

Was das wohl schon wieder bedeutete. Dass ich irgendwas Besonderes für Carmen war? Aber ich hatte eigentlich auch etwas anderes gemeint.

„Wieso bist du überhaupt hier, Carmen? Obwohl du -", ich brachte es noch nicht über die Lippen.

Das eine Wort, an dem komplett hing, ob ich mir eingestehen musste, dass ich komplett bekloppt geworden war.

„Obwohl ich tot bin?", fragte Carmen mit einem ganz selbstverständlichen Ton. *Klar, dachte ich, weil es ganz normal ist, dass man sterben muss. Oder dass man sich danach mit jemandem über den eigenen scheiß Tod unterhält!*

„Ganz genau kann ich es dir nicht sagen, Joshi. Noch nicht. Aber es wird klarer werden in den nächsten Tagen, wenn ich bei dir bleibe."

„Bleiben, Carmen?", fragte ich. „Wie soll das gehen?"

„Vertraue mir!", sagte sie bloß. „Das funktioniert schon. Du brauchst keine Angst zu haben. Ich werde gar nicht auffallen. Alle anderen werden mich genauso sehen, wie du bis vorhin."

„Ich habe dich nicht gesehen", sagte ich, während Carmen langsam an mir zu ziehen begann.
„Eben! Und jetzt komm, ich will heim!"

„Zu dir?", rief ich, schockiert über die bloße Vorstellung: *Ich klingle bei den D'Allaris an der Türe. Erst*

kommt niemand, ich muss sturmklingeln, bis sich die Türe end-
lich doch öffnet. Frau D'Allari erscheint in den undurchdringli-
chen Schatten hinter der Türe, die Wangen eingefallen und farb-
los, schwarze Ringe unter den rot geweinten Augen. Unter den
herabhängenden Lidern hindurch starrt sie mich verständnislos
an.

„Hallo Frau D'Allari", höre ich mich selbst sagen,
„ich bin Joshua. Aus der 9b. Ich weiß schon, was passiert ist!"
Dann ziehe ich Carmen hinter mit hervor und präsentiere ihr ih-
re tote Tochter. Und Frau D'Allari schreit...

...

„Zu dir, natürlich. Und nochmal: Niemand
wird mich sehen, außer dir, Joshi, ob du's glaubst oder
nicht. Ich weiß das und du eigentlich auch, wenn du es
dir endlich eingestehst. Aber gut. Wir machen einfach
einen Bogen um mein Haus herum, damit du auf keine
komischen Ideen kommst", sagte Carmen, als hätte sie
gewusst, was ich gedacht hatte und zog mich weiter
über den Fußweg weg vom Bach und Richtung Innenstadt. Sie war so energisch, dass ich kaum hinterher-
kam. Sie hielt mich unerbittlich fest und zerrte mich
mit schnellen Schritten weiter. Klar war das absolut ir-

re, einfach so mitzugehen mit dieser Carmen-Erscheinung, ganz ohne Gegenwehr. Aber etwas, das von tiefer kam als meine normalen Gedanken und Gefühle, wünschte sich, dass ich bei ihr blieb und sie nicht wegschickte. Es verlangte danach.

Carmen war nicht im geringsten außer Atem, während sie trotz des Tempos weiterredete: „Du missverstehst da was, Joshi. Ich bin doch keine Leiche, die du durch die Stadt spazieren führst. Ich bin einfach Carmen. Mein Körper liegt im Kühlhaus vom Krankenhaus oder so, denke ich mir. Da werden doch Körper eingelagert, bevor sie zum Verbuddeln abgeholt werden, oder?"

„Also bist du ein Gespenst", stellte ich fest, während ich hinter ihr her hastete. Das würde alles nicht besser machen.

„Das weiß ich noch nicht!", rief Carmen und lachte dabei so laut, dass die Passanten, an denen wir vorbeiliefen, doch sicher irgendwie hätten reagieren müssen. Irgendjemand musste sich doch zu uns umdrehen und sich wundern. Aber niemand tat irgendwas. Ganz so, als sähe und hörte man nichts weiter, als einen schweigenden Fünfzehnjährigen in Eile.

Carmen lachte weiter, als wir in die Fußgängerzone einbogen. Kein bisschen ihres Atems war dabei sichtbar. *Als ob sie tot ist*, dachte ich, korrigierte mich aber sofort: *Weil sie tot ist.*

Der Vormittag mit Carmen

Wir mussten einmal quer durch die Innenstadt und den Hügel hoch, um zu mir zu kommen. Von der Schule aus wäre es kürzer gewesen, mit Franziska mitzugehen war ein ziemlicher Umweg gewesen.

Nach dem klärenden Gespräch darüber, dass sie kein wandelnder Toter war, gingen Carmen und ich schweigend hintereinander her. Zumindest war sie keiner, wie ich sie aus Games und Filmen kannte. Sie grinste die ganze Zeit, aber ich bekam langsam Kopfschmerzen und nicht nur von der Kälte.

Wie schnell konnte jemand den Verstand verlieren? Jemand, der bisher ganz normal gewesen war, wie ich zum Beispiel? Konnte ich so einfach und so plötzlich irre werden? Das war immerhin die einzige logische Erklärung. Was sonst konnte es sein – dass Carmen als unsichtbares Gespenst ausgerechnet bei mir aufgetaucht war? Oder gab es noch eine dritte Möglichkeit, die ich übersah?

Oder ich sollte einfach aufgeben, darüber nachzudenken, ganz egal, was das nun genau war. Carmen würde aus mir schon keinen brabbelnden Irren in einer Gummizelle machen – oder zu einem verrückten Axtmörder, der nachts auf Friedhöfen grub oder so was. Wie sonst sollte man sich Leute vorstellen, die sich mit ihrer toten Klassenkameradin unterhielten?

Wir nahmen die alte Eisenbahnbrücke, die aus Metall, Rost und gutem Willen bestand und neben dem Bahnhof die Gleise überspannte, um auf die andere Seite der Stadt zu kommen. Ich war außer Atem und trotz der Kälte formten sich Schweißperlen auf meiner Stirn. Ich kam hinter Carmens begeistertem Tempo nicht hinterher.

In der Mitte der Brücke drehte sich Carmen plötzlich um. Unter unseren Füßen fuhr gerade ein roter Regionalzug durch. Es war extrem laut und trotzdem hörte ich jedes einzelne von Carmens Worten, als würden sie nicht neben mir ausgesprochen werden, sondern direkt in meinem Kopf.

„Alles ist in Ordnung mit dir!"

Große Worte von einem toten Mädchen, dachte ich, sagte aber nichts.

„Es erschreckt dich jetzt, aber in Wahrheit ist alles gut mit dir, Joshi. Du musst dir nicht lange Sorgen machen."

Alles also gut? Wenn sie das sagte...

„Wieso nennst du mich eigentlich so?", fragte ich, während wir die Treppe auf der anderen Seite der Brücke hinabstiegen.

„Was meinst du?"

„Du nennst mich *Joshi*. Das hast du sonst nie gemacht."

Tatsächlich hatte sie es eine Woche lang in der fünften Klasse gemacht. Kein einziges Mal davor und kein einziges Mal danach. Ich hatte das damals gut gefunden und es hätte mir nichts ausgemacht, wenn mich Carmen weiter so genannt hätte. Besonders in letzter Zeit, vor diesem Wochenende. Aber Carmen hatte nicht. Stattdessen war in den letzten Jahren *Joshi* zu meinem Spitznamen bei ein paar Idioten in der Klasse geworden. Aber sie sprachen es mit Häme aus und um mir auf den Geist zu gehen mit diesem Kindernamen. Nicht so freundlich, so weich, wie es Carmen sicher getan hätte. Ich hasste es, wenn mich die Jungs so nannten. Einmal, Anfang der siebten Klasse, hatte ich einen fast vermöbelt, weil er es übertrieben hatte damit.

„Ich habe mir gedacht, dass du es magst, so von mir genannt zu werden", sagte Carmen. „Gefällt es dir nicht?"

„Doch!", gab ich zu und spürte, wie mir wieder warm wurde im Gesicht. Ich fühlte richtig, wie ich rot wurde. „Ich finde das schon ganz gut."

Trotzdem! Als sie noch am Leben gewesen war, hatte mich Carmen nie so genannt. Da war ihr das egal gewesen. Vielleicht macht das der Tod mit Menschen, dachte ich und stellte fest, dass ich akzeptiert hatte, was gerade abging. Die Frage jetzt war, ob ich mit jemandem darüber reden sollte. Meinen Eltern konnte ich so was nicht erzählen, die würden Angst kriegen. Um mich oder vor mir oder beides. Die würden mich zum Arzt schicken. Kamen Leute mit so krassen Halluzinationen in die Psychiatrie? Zu den echt Verrückten? Bekamen Medikamente, wurden in Gummizellen gesteckt? Ich hatte keine Ahnung, ob das wirklich so war oder in Filmen viel heftiger dargestellt wurde, rausfinden wollte ich es auf keinen Fall. Also einfach gar keinen Arzt. Franziska? Was würde sie denken, wenn ich ihr mit so einer Geschichte käme? Entweder, dass ich dumme Witze machte – oder es ernst nehmen und glauben, dass ich bescheuert wäre. Wahrscheinlich würde sie mit anderen darüber reden, Gerüchte verbreiten, die Polizei anrufen, Ärzte anrufen, meine Eltern – und so weiter wie vorhin. Keine Alternative, also. Musste ich überhaupt mit irgendwem darüber reden? Bisher hatte sich Carmen ja ganz in Ordnung verhalten.

Außerdem fühlte es sich nicht falsch an. Klar war es komisch und ein bisschen beunruhigend, aber nicht falsch. Nicht schlecht. Es war schön, Carmen bei mir zu haben, näher, als ich sie zu Lebzeiten gehabt hatte. Mit ihr noch Zeit zu verbringen, obwohl ich das eigentlich nicht mehr konnte. Als wäre das alles nur die Erfüllung eines Wunsches, der nicht wahrhaben wollte, dass er unmöglich war. Als würde ich mir ausmalen, dass es so wäre, ich mir aber nicht eingestehen könnte, dass ich es mir nur ausmalte.

Bis zu meinem Zuhause gingen wir wieder schweigend nebeneinander her. Carmen schien die Stille nicht zu stören. Nur einmal, direkt hinter der Brücke, flüsterte Carmen: „Ich lasse dich jetzt einfach fertig überlegen" und schmiegte ihr Gesicht an meinen Oberarm. So nahe waren wir uns nie gewesen – nie mehr seit der fünften Klasse, als wir uns heftig auf dem Schulhof geprügelt hatten. Das konnte also nur eine dumme Wunscherfüllung sein. Oder doch mehr? Um was war es damals in der fünften Klasse bei unserer Schlägerei gegangen?

„Ich führe dich rum", sagte ich, nachdem ich die Türe hinter Carmen geschlossen und die Schuhe ausgezogen hatte. Ich zeigte ihr das ganze Haus; Küche, Badezimmer, das Wohnzimmer, einen kurzen Blick ließ ich sie in Danis Zimmer erhaschen, meiner Schwester, die nur noch an Wochenenden zu Besuch kam.

Die Tour hätte in meinem eigenen Zimmer geendet, aber ich war noch nicht so weit, sie dort hineinzulassen. Zu intim. Ich machte nur kurz die Türe auf, ließ Carmen hineingucken und schloss die Türe sofort wieder vor ihrer Nase. Anschließend bugsierte ich sie wieder die Treppe hinunter und in die Küche.

„Ganz schönes Chaos bei dir!", sagte Carmen, während sie sich auf einen Hocker an den hohen Tresen zwischen der Küche und dem Esszimmer setzte.

„Ich habe nicht damit gerechnet, Besuch zu bekommen. Von einem Mädchen ganz zu schweigen. Sonst hätte ich am Wochenende schon aufgeräumt, ", sagte ich und füllte den Wasserkocher, schaltete ihn ein und bereitete zwei Tassen mit Kamillentee auf dem Tresen vor. Dabei fühlte ich, wie Carmen mich beobachtete und sie schaute auch nicht weg, als sich unsere Blicke kurz trafen. Ihre schmalen, blassrosa Lippen zitterten, als würde sie versuchen, etwas in sich zu unterdrücken. Ein Grinsen? Weinen?

„Deine Mutter hat dich gut erzogen, Joshi", stellte Carmen mit trüber Stimme fest, „dass du gleich dem Gast was anbietest. Aber, Joshi! Denk doch bitte mal nach."

Ich verstand sie nicht und Carmen sagte auch nichts mehr, sondern sah mir nur dabei zu, wie ich in der Küche weiterwerkelte. Erst, als ich das kochende Wasser schon in die zweite Tasse goss, begriff ich.

„Du wirst wahrscheinlich nichts trinken, ja?"

Carmen schüttelte den Kopf. „So verführerisch dein Kamillentee auch riecht, ich muss leider darauf verzichten."

„Riechen kannst du es, aber was trinken kannst du nicht?"

Carmen zuckte nur mit den Schultern. „Ich mache nicht die Regeln. Aber du darfst nicht vergessen, dass dieser Hocker hier leer ist, auf dem ich sitze. So sehr ich auch wirklich da bin für dich – es ist wirklich schwierig zu erklären", gab Carmen schließlich auf.

„Dann hätte ich dir wahrscheinlich auch nicht zeigen müssen, wo das Klo ist."

Carmen lächelte. „Joshi, du Trottel! Hast du vergessen, dass ich schon einmal bei dir gewesen bin? Sieht dir ähnlich, dass du so was nicht mehr weißt!", schimpfte Carmen und fügte wohl angesichts meiner Ratlosigkeit hinzu: „Das war vor vier Jahren! Ich war zu Halloween in der fünften Klasse bei dir. Ich weiß noch, dass deine Mutter meine angerufen hat, um es zu organisieren, weil du dich nicht getraut hast zu fragen, ob ich kommen kann. Ich habe auf einer Extramatratze vor deinem Bett geschlafen und deine Mama hat mir zwei Gute-Nacht-Küsse gegeben, weil du deinen nicht haben wolltest, wenn ich dabei war, du Schmock! Deine Schwester hat uns geschminkt und wir sind zu dritt um die Häuser gezogen und haben Süßigkeiten gesammelt."

„Wir waren Raben", murmelte ich, während Stückchen von Erinnerungsbildern von vor einem halben Jahrzehnt zurück in mein Bewusstsein blubberten. „Zombieraben". Daniela hatte uns das ganze Gesicht mit kleinen, schwarzen Federn vollgezeichnet und wir hatten uns schwarze Shirts und schwarze Hosen angezogen. Daniela hatte Carmen kleine Plastikknochen ins Haar geflochten und mir mit Bindfaden an die Klamotten gestickt. Draußen waren Carmen und ich krähend vorneweggeflattert und Daniela war hinter uns her geschlendert. Sie hatte uns unseren Freiraum gelassen. Sie hatte die Situation viel besser verstanden als ich damals, als Carmen vorschlug, Hand in Hand von Haus zu Haus zu flattern. Dani war da schon sechzehn gewesen, ich bloß elf Jahre alt. Natürlich waren wir heimgekommen, als es schon stockdunkel war, aber wir durften trotzdem noch eine Stunde aufbleiben, unsere Süßigkeiten sortieren, unter uns beiden aufteilen und die eine oder andere probieren, bevor wir endlich viel zu spät ins Bett kamen.

Jetzt erst, vier Jahre später in meiner Küche, erinnerte ich mich das erste Mal wieder wirklich daran. Und an die Sache mit dem Gute-Nacht-Kuss. Sie hatte noch irgendwann, als das Licht schon aus gewesen war, gesagt: „Du bist doof zu deiner Mama, Joshi!", oder etwas in der Art.

Joshi?

„Das war der Tag, als du angefangen hast, mich so zu nennen, für eine Woche oder so", begriff ich endlich. „Wieso hat das aufgehört?"

Ich sah Carmen an, aber sie schaute weg, auf mein Handy, das mit dem Gesicht nach oben auf dem Tresen lag. Es hatte mehrmals aufgeleuchtet, während ich meinen Erinnerungen nachgehangen war. Kleine, bunte Rechtecke schoben einander auf und ab und versuchten, einander vom obersten Platz abzudrängen.

Seit wir angekommen waren, lud mein Handy eine Benachrichtigung nach der anderen. Der Klassenchat, Werbung, das Wetter, E-Mails und Lokalnachrichten. Ich wollte nichts davon lesen und wischte eine nach der anderen vom Display, bis mich Carmen abhielt.

„Das solltest du mal lesen!", sagte sie und tippte auf die beiden obersten Benachrichtigungen. „Das und das da"

MeinungsBILDNER: *Smartphones tödliche Falle für Ihr Kind?! 15-Jährige in BaWü starb am Sonntag nach Stromschlag durch ihr handelsübliches Smartphone in der Badewanne. Die unschuldige Carmen D. wurde das Todesopfer der Technologie, die alle unsere Kinder tagtäglich in Händen halten.*

Unter dem reißerischen Titel stand die Meldung unserer städtischen Tageszeitung. **Freiweiler Anzeiger**: *Am Sonntagabend ereignete sich in Freiweilers Norden eine tödliche Tragödie. Eine fünfzehnjährige Schülerin des Barnhelm-Gymnasiums wurde am Sonntag gegen 21 Uhr in der Wohnung der Familie von ihren Eltern aufgefunden, offenbar ertrunken in der Badewanne als Folge eines Elektro …*

Also war es wahr. Jetzt musste ich es wohl glauben, wenn mir mein Handy schon davon erzählte.

In der Schule hatten sie sich nicht vertan, es war Carmen gewesen. Wer vor mir saß, war nicht etwa das Mädchen aus meiner Klasse, die sich einen kranken Witz erlaubte. Es war wirklich sie, nur eben nicht lebendig. Sie war irgendwie da, aber irgendwie eben auch nicht wirklich.

„Sieht so aus, als wäre mein Tod jetzt offiziell", murmelte Carmen mit dunkelgrau belegter Stimme. „Und jetzt geht die Neuigkeit einmal um die Welt. Oder zumindest einmal durch Deutschland."

„Gut, dass niemand Fotos gemacht hat! Ein Reporter oder so jemand von dem verpackten Körper oder keine Ahnung. Irgendein Profilbild. Stell dir vor, wie bei dem Mädchen letztes Jahr auf der Realschule, als diese Nacktbilder überall aufgetaucht sind." Es war ziemlicher Blödsinn und noch etwas anderes krampfte mir meine Innereien zusammen, aber es war alles, was ich irgendwie Tröstendes herausbrachte. Wieso musste ich aber ausgerechnet ihr gegenüber über so etwas reden?

„Du bist ein Idiot, Joshi!"

Sollte ich vielleicht sagen, dass es mir leidtat? Oder mich rechtfertigen, dass ich keine Ahnung hatte, was man in solchen Situationen sagte? Musste man sich bei Gespenstern entschuldigen? Ich entschloss mich, gar nichts zu tun.

„Ich lese diese Scheiße nicht", murmelte ich, aber mehr zu mir selbst und wischte die obersten Benachrichtigungen vom Display.

„Dass die überhaupt wissen, dass diese Nachrichten zu mir passen und mir das bieten und nicht irgendwas über – wie man Steuern hinterzieht oder so!"

„Das ist der Algorithmus, Joshi. Alles, was du an deinem Handy machst, wird gesammelt und irgendein Supercomputer rechnet aus, wer du bist. Aus dem, was du in deinen Apps machst, wann du was machst, dein Wohnort, deine Interessen, deine Suchanfragen bauen sie zusammen, wie sie sich dich vorstellen können. Wohnt in Freiweiler, zockt die Nächte durch, sucht wochentags nach *Satz des Pythagoras* und *Räuber, Schiller, Zusammenfassung* und *porn redhead big boobs german*? Muss ein Gymnasiast am Barnhelm sein, dann pumpen wir ihn mit Artikeln über seine tote Mitschülerin voll."

Ich starrte sie an. Das technische Gerede war mir nicht neu, das hatten wir letztens erst in Ethik gehabt. Aber was sie als Beispiele aufgezählt hatte …

„Was?", fragte Carmen und spielte die ehrliche Unschuld.

„Meine Suchanfragen?", murmelte ich. Noch schaffte ich es, ihr in die Augen zu sehen, aber es wurde von viertel Sekunde zu viertel Sekunde schwieriger. „Woher kennst du die?" Irgendwas zu leugnen hatte jetzt wohl keinen Sinn mehr.

„Was dein Handy über dich weiß, das weiß ich auch", sagte Carmen und stand von ihrem Hocker auf. „Ich bin nicht neidisch, auch wenn ich keine Konkurrenz für irgendwen bin, den du in solchen Videos siehst!" Carmen zwinkerte mir noch einmal zu, dann fiel das Lächeln von ihren Lippen. Langsam umrundete Carmen den Tresen, während ich meine Tasse austrank.

Ich drehte mich um, räumte die leere Tasse auf die Arbeitsfläche der Küche und als ich mich wieder umdrehte, war Carmen nicht mehr da. Gerade eben war sie noch hinter mir gewesen, hatte ich noch mit ihr gesprochen – jetzt war sie weg und ich glaubte zu spüren, wie endlich Wärme in meine Knöchel und Glieder zurückkehrte. Als wäre etwas verschwunden, das alle Wärme in sich gesogen hätte.

„Carmen?", fragte ich, aber klar kam keine Antwort. Das hatte ich auch nicht erwartet. Andererseits fühlte es sich nicht so an, als wäre Carmen komplett verschwunden. Als würde ein Teil von ihr mich noch sehen, nur ich sie nicht. Jetzt wäre vielleicht ein guter Moment gewesen, endlich komplett in Panik zu geraten und einen Heulkrampf auf dem Fliesenboden zu bekommen. Jemanden anrufen, den Notruf vielleicht, und erklären, was heute Vormittag abgegangen war, aber ich konnte mich nicht einmal durchringen, diese Vorstellung fertig zu denken. Nicht, weil ich Angst davor hatte, sondern weil sich alles immer noch komplett weigerte, sich schlecht anzufühlen. Es kam mir alles immer noch komisch vor. Komisch, aber ganz in Ordnung. Ich wäre gar nicht fähig gewesen, Angst vor Carmen zu bekommen. Noch nicht.

Der Nachmittag

Ein paar Minuten lang ging ich die Nachrichten auf meinem Handy durch. Irgendwas von einer neuen Grippeart, die heftige Symptome zeigte und gerade ziemlich in der Stadt und im Landkreis wütete. Der reißerische Drecksartikel von vorhin hatte sogar ein Foto, auf dem Carmens Haus zu sehen war. Das Nummernschild des Autos, das davor stand, war verpixelt, aber sonst konnte man alles erkennen. Krass, dass die jetzt schon wussten, wo genau das passiert war. Ob sie versucht hatten, mit Carmens Eltern zu reden?

„Hallo, ich habe illegal den Funk der Notärzte abgehört und mitbekommen, dass ihre Tochter gestorben ist. Lust, in die Zeitung damit zu kommen?" Alleine der Gedanke daran, dass Menschen kaputt genug waren, so was machen zu können, war zum Kotzen.

Ich überflog noch schnell den Klassenchat. Nichts Interessantes, nur immer die gleichen Beteuerungen, dass alles total fertig waren deswegen. Es hatte niemand geschrieben, der mich interessierte. Franziska gar nicht. Vor allem bombardierten diejenigen, die krank zu Hause lagen, den Chat mit Fragen, aber niemand schien in Stimmung zu sein, viel zu schreiben.

Ich schaltete also das Handy aus, trank den Tee aus und griff in meine Schultasche. Ich kramte den Elternbrief heraus und legte ihn auf den Tresen. Was stellte man jetzt mit einem Tag an, der so angefangen hatte?

...

...

„Joshua?"

Ich war in meinem Zimmer, als Mama am Nachmittag heimkam. Ich hatte gehört, wie sie die Haustüre aufschloss und hin und her durch das Erdgeschoss schlurfte. Ich stand nicht auf, um sie zu begrüßen, sondern schrie ihr nur ein „Hey!" durch die halb geschlossene Türe hindurch nach unten.

Wenn ich Glück habe, liest sie den Elternbrief, ohne dass ich sie darauf aufmerksam machen muss.

Keine fünf Minuten später schwang die Türe zu meinem Zimmer auf.

„Joshua?", fragte Mama, während sie mich besorgt ansah. „Ich habe deinen Brief von der Schule gelesen." Sie stockte, schluckte hörbar. Sie wusste genauso wenig wir ich, wie man mit so einer Situation umgehen sollte.

Noch ein ratloser Erwachsener, der einem keine Hilfe ist!

Ich schüttelte nur den Kopf und drehte mich schon wieder um, aber Mama genügte diese nichtssagende Reaktion bei Weitem nicht. Sie durchschritt mein Zimmer, umrundete geschickt die Stolperfallen, kniete sich zu mir auf den Boden und umschloss mich mit ihren Armen. Sie küsste mir auf das Haar – wann hat sie das das letzte Mal gemacht? Und wann hatte ich ihr das das letzte Mal durchgehen lassen? Ich wehrte mich nicht, aber ich erwiderte die Umarmung auch nicht.

„Es tut mir sehr leid“, murmelte Mama mir ins Haar und klang aufgewühlter, als ich mich irgendwann heute gefühlt hatte. „War es ein Mädchen, das du gut gekannt hast? Hat sie dir was bedeutet?“

„Wir kannten uns“, antwortete ich, „aber wir waren nicht befreundet.“

Endlich ließ mich Mama wieder los, blickte mir dafür aber fest in die Augen. Zwischen ihren Brauen hatte sich eine tiefe Falte gebildet. Wahrscheinlich war es nicht normal, wenn ein fünfzehnjähriger Sohn so kühl und so unbeteiligt über den Tod einer Klassenkameradin sprach. So kalt. Aber was hätte ich sagen sollen?

„Ist schon gut, Mama, sie ist schon wieder zurückgekommen und ich bereite ihren nächsten Besuch vor.“

Aber irgendwas musste ich sagen.

„Keiner weiß, was er darüber denken soll, dass Carmen jetzt weg ist. Ich auch nicht.“

Etwas in Mamas Gesicht zuckte, als sie Carmens Namen hörte. Sie musste ihn kennen von vor ein paar Jahren, als sie hier gewesen war, wusste aber nichts Genaues mehr, konnte kein Gesicht damit verbinden.

„Möchtest du darüber reden? Papa kommt in zwei Stunden."

„Ich brauche einfach Zeit für mich … um meine Gedanken zu sortieren", sagte ich. Eine gute Antwort, genau auf Mama zugeschnitten, die beruhigt wieder aufstand und sich endlich in meinem Zimmer umsah und sich die Arbeit der letzten drei-und-ein-bisschen Stunden ansah. Schreibtisch, Kleiderschrank und Bett waren von den Wänden weggeschoben worden. Der Boden war übersät mit Kleidung, uraltem Spielzeug, Zeitschriften, allem möglichen Kram. Hinter dem Kleiderschrank hatte ich die Superhelden-Brotbox gefunden, die ich irgendwann in der sechsten Klasse verloren hatte. Glücklicherweise leer. Keine Ahnung, wie die da hingekommen war.

Eigentlich hatte ich nur meine Sachen sortieren wollen, die Klamotten, die ich täglich trug, die paar

Bücher, die mir Weihnachten für Weihnachten geschenkt wurden. Aber dann war immer mehr dazugekommen.

Zuerst hatte ich einen ganzen Zirkus von Staubmäusen unter dem Bett gefunden und aufgesammelt. Als die weg waren, hatte ich angefangen, darüber nachzugrübeln, ob ich das Bett nicht verschieben sollte, unter das Fenster vielleicht? Dann müssten der Schreibtisch und der Schrank verschoben werden – und plötzlich war alles in der Mitte gestanden und ich wusste kaum noch, wo ich zuerst anpacken sollte, saß über einem Stapel Sammelkarten und sortierte sie zum dritten Mal nach einem anderen System.

Inmitten dieses Chaos' drehte sich Mama einmal um sich selbst.

„Du räumst auf?", fragte sie ungläubig. „Oder soll das so bleiben?"

„Ich weiß noch nicht."

Es sah wohl so aus, als wäre das die Art, wie ich mit meinem Verlust umging. Mir über meine Gefühle klar zu werden. Besser so, als sich zu schneiden, wie Markus, der immer langärmlig in Sport war und seine Schwimmsachen *vergaß* bis zu dem Tag, an dem Noten gemacht wurden. Letztes Jahr hatte ich mich ein paar mal darüber lustig gemacht. Mit anderen aber nicht vor ihm selber. Mittlerweile fand ich das nicht mehr so gut und dachte, dass ich damit über die Stränge geschlagen hatte, auch, wenn es witzig gewesen war.

„Ich bin noch nicht so weit, darüber reden zu können", murmelte ich, während ich mich endlich von meinen Karten löste und begann, daneben T-Shirts aufeinanderzustapeln. Diese Antwort akzeptierte Mama und drehte sich endlich zur Türe um.

„Ich werde Daniela anrufen", sagte sie, aber irgendwie mehr zu sich selbst als zu mir.

„Das wäre schön", antwortete ich trotzdem, dann schloss sich die Türe hinter mir und ich konnte endlich am Fuß meines Bettes in mich zusammenklappen.

Nur nicht schluchzen! Nur kein komisches Geräusch machen, bloß Zeugs hin und her schieben, um so zu tun, als wäre ich total beschäftigt. Mama würde vor der Türe stehen und warten und lauschen, was bei mir im Zimmer vor sich ging.

Erst, als ich etwas aus der Küche klirren hörte, traute ich mich wieder, richtig zu atmen. Sofort begann etwas in mir zu zittern und ich sah mich in meinem Zimmer um. Dieser Blödsinn hatte mich lange genug abgelenkt, aber weil mich Mama unterbrochen hatte, begann ich, klarer zu denken. Zu verstehen, dass ich mich selber mit diesem Projekt nur versucht hatte, abzulenken. Meine Gedanken begannen, abzudriften, zurück zu Carmen, zu heute Vormittag und über Montag hinweg. Ein Gedanke wuchs in mir, den ich noch nicht recht greifen konnte, aber von dem ich sofort spürte, dass ich ihn nicht würde fertig denken wollen. Etwas mit Sonntag. Ich wollte nicht einmal anfangen, ihn zu denken.

„Das ist nicht fair von dir, Carmen", flüsterte ich in einen Berg aus dicken Socken und Pullovern hinein, „dass du das so machst. Sterben, verschwinden, auftauchen, verschwinden, auftauchen und mir dabei das Gefühl geben, ich wäre total plemplem geworden."

In meinem Nacken spürte ich einen kalten Luftzug, wie wenn irgendwo das Fenster offen stehen würde und die Novemberluft hereinzöge. Aber in meinem Zimmer waren Fenster und Türe zu. Die plötzliche Kälte stellte alle meine Nackenhaare auf. Es war ihre Kälte. Ich hatte wieder an sie gedacht. Wenn ich mich jetzt umdrehen würde, würde Carmen da sitzen, auf meinem Bett und würde mich ansehen.

Ich drehte mich nicht um, sondern versuchte, meine Aufmerksamkeit wieder in meinen Klamotten zu versenken. Alles musste sortiert, sauber zusammengelegt und aufgeräumt werden. Nicht umdrehen, nicht nachdenken, nicht sprechen: aufräumen. Alles, was da war!

Als Papa gegen vier Uhr heimkam, hatte ich die verstecktesten Ecken des Teppichbodens in meinem Zimmer gesaugt und die Möbel umgestellt, sodass mein Bett jetzt direkt unter dem Fenster stand. Der Kleiderschrank war halb eingeräumt und der Schreibtisch nur noch einen halben Meter hoch mit Kram beladen. Das Bett war fast schon wieder freigeräumt. Daneben hatte ich meine Cajón als notdürftigen Nacht-

tisch hingestellt, auf dem eine Lampe ihren Platz gefunden hatte.

Mama und Papa versuchten klar, sich nichts
anmerken zu lassen, aber ich spürte ihre Blicke auf mir
und hörte ihr Herumgedruckse um jedes Thema herum, dass irgendwie mit Carmen zu tun haben könnte.

Ich aß nicht viel. Ich aß dienstags nie viel.
Dienstag auf Mittwoch änderte sich bei Papa immer
der Schichtdienst und auf eine Tagesschicht folgte eine
Frühschicht. Also mussten wir zeitig essen, damit er
früher schlafen gehen konnte. Das war zu früh für
mich, um Hunger zu haben.

Plötzlich brach Papa das peinliche Halbschwei-
gen: „Carmen, das war doch das Mädchen, das hier
mal übernachte hat, vor ein paar Jahren", stellte Papa
fest. Mama guckte ihn ganz überrascht an. „Ich muss
mich doch daran erinnern, wenn mein Sohn ein Mädchen nach Hause bringt!"

Ich nickte nur und eine einzelne Träne formte
sich wie ein Tropfen aus heißem Chlorreiniger in meinem linken Augenwinkel, schwoll an und rollte schließ-

lich brennend meine Wange hinab, bis ich sie mir von der schmerzenden Haut wischte.

Ich heulte klar nicht los oder so, aber die eine Träne war ehrlich. Es tat weh. Meine Mutter, glaube ich, war nach heute Nachmittag auch erleichtert, dass ich Gefühle in dieser Sache so zeigte, wie sie es sich vorstellte. Mit dieser einen Träne war alles gesagt. Mama und Papa fragten mich nichts mehr und begannen, abwechselnd von der Arbeit zu erzählen.

Mama: *Schmidt hat sich wieder krankgemeldet. Ich wette mit dir, der macht blau!*

Papa: *Karin ist einer auf dem Parkplatz an die Seite gefahren. Bestimmt zweieinhalb Tausend Euro schaden und keiner will es gewesen sein.*

Mama: *Man merkt, dass bald Weihnachten anfängt. Die Kinder heute Morgen im Bus waren furchtbar.*

Papa: *Lass uns dieses Jahr wieder mal Stollen machen.*

Mama: *Das kann Dani machen. Sie hat wochenlang damit geprahlt, was sie alles backen will. Ich mache dieses Jahr gar nichts.*

Und so weiter und so fort. Ich redete nicht mit aber lauschte auf jedes Wort. Sobald meine Gedanken abdrifteten, liefen sie bei Carmen auf Sand, mir wurde kalt an den Schultern und im Rücken, meine Nacken-haare stellten sich auf. Einmal sogar glaubte ich, ihr ro-tes Haar und ihre grün leuchtenden Augen als Spiegel-bild im schwarzen Glas der Mikrowelle sehen zu kön-nen. Jedes Mal zwang ich mich, Mama und Papa, wer gerade sprach, in den Blick zu nehmen und jedes zwei-te Wort im Kopf zu wiederholen. Alles, was notwendig war, um mich abzulenken, nicht an die Schule zu den-ken, nicht an *sie*, daran, dass ich verrückt geworden war.

Dienstagabend machte sich Papa normalerwei-se eine Teemischung aus was weiß ich allem, damit es besser mit dem frühen Runterkommen klappte. An diesem Abend machte er mir eine Tasse mit.

„Baldrian, Johanniskraut, Lavendel, Passions-blume, Hopfen", zählte Papa die Zutaten des Tees auf. „Trink aus, solange er noch warm ist, Joshi. Dann wirkt er am besten."

Joshi, dachte ich, und sofort wurde die Haut in meinem Nacken kalt. Hastig hob ich die Tasse an die Lippen, verbrannte mir den Mund und die Zunge und trank trotzdem weiter. Der Schmerz tat gut, er gab mir Wärme zurück.

„Wie viel hat dir das Mädchen bedeutet?", fragte Papa ohne Umschweife zwischen zweimal Nippen. Er ließ mich nicht aus den Augen. Er erwartete eine Antwort, aber er ließ mir Zeit dafür.

„Ich weiß es noch nicht genau. Sie ist eine Klassenkameradin, ich wusste nicht, dass ich darüber nachdenken muss, was sie bedeutet … Bedeutete!", korrigierte ich mich halblaut und heiser. „Sie *war* eine Klassenkameradin."

„Kommst du wirklich so gut damit zurecht, wie es aussieht und wie du uns vormachen willst?", fragte Papa weiter.

Ich nickte nur, sah ihm in die Augen, nickte noch einmal und schaute dann weg.

„Du weißt, dass wir für dich da sind, Joshua. Sprich mit mir oder Mama oder Daniela, wann immer du willst. Du darfst mit dieser Sache alleine sein, wenn du möchtest, aber du musst nicht alleine damit sein, wenn du nicht willst. Und jetzt trinke deinen Tee aus. Heute musst du früher ins Bett als ich. Du siehst komplett fertig aus. Wenn du zu bald vor dem Schlafengehen Tee trinkst, musst du mitten in der Nacht pinkeln."

Die erste Nacht mit Carmen

„Machst du's eigentlich unter der Dusche?", hatte mich Roger irgendwann gefragt, als wir im Sommer im Freibad gelegen waren. Ich hatte es nicht sofort begriffen.

„Hä! Hier im Schwimmbad?"

Roger hatte mir zur Antwort einen nicht zu schwachen Schlag in den Nacken verpasst.

„Nein, Mann! Zu Hause. Denk mal, nie hat man mehr Ruhe als unter der Dusche, da kommt keiner einfach reingeplatzt. Laut ist es auch, keiner hört, was du machst. Und schön feucht und warm ist es auch noch. Du kannst noch Duschgel oder so was benutzen, damit es besser klappt."

„Brennt die Seife nicht?"

„Du darfst halt kein Chilli-Ingwer-Pfefferminz-Zeug benutzen!"

Tatsächlich funktionierte das ganze ordentlich und fühlte sich auch ganz in Ordnung an. Man musste sich halt seine eigenen Gedanken dabei machen und musste sich selber was vorstellen, ganz ohne Internet. Das war schon schwieriger, zumindest an diesem

Abend. Ich versuchte vor allem, mich darauf zu konzentrieren, an nichts währenddessen zu denken. Es funktioniere irgendwie, auch wenn mir immer wieder die falschen Bilder vor meinen Augen aufblitzten. Auch, wenn ich mich dabei ein bisschen komisch fühlte, wie eine Maschine, die sich stumpf selbst ankurbelte. Es dauerte länger als gewohnt, aber es entspannte. Nach bestimmt zwanzig Minuten und ein bisschen benommen von der Hitze und der drückenden Luftfeuchtigkeit zog ich den Duschvorhang zur Seite – und Carmen stand im dünnen Nebel vor mir und grinste breit.

Ich zuckte zurück und meine Füße gerieten auf dem nassen Boden der Dusche ins Schlittern. Mit dem Hinterkopf schlug ich gegen die Fliesenwand, verzweifelt griff ich nach irgendwas, aber das einzige, was ich zu greifen bekam, war der Duschschlauch, der mir durch die Finger rutschte. Dann löste sich vom plötzlichen Ruck der Duschkopf aus seiner Halterung und schlug knallend auf dem Boden auf. Bis dahin schaffte ich es schon wieder, halbwegs auf meine Füße zu kommen, mich an die Wand zu pressen und langsam wieder aus den Knien aufzustehen. Der zweite Schock, den mir Carmen an diesem Tag verpasste – und wieder war sie nicht verschwunden.

Sie grinste, musterte mich von oben bis unten und war im Gegensatz zu mir dabei angezogen, mit den gleichen Klamotten wie heute Nachmittag.

„Du machst einen ganz schönen Radau unter der Dusche", sagte sie, während ich mir hastig den Duschvorhang griff und mich, so gut es eben ging, dahinter verbarg. Mein schamhafter Versuch, mich zu verstecken, ließ Carmen nur fies kichern.

„Vor mir musst du dich echt nicht verstecken, Joshi. Und wenn man nach dem geht, was dir unter der Dusche so alles durch den Kopf geht, müsstest du dich wahrscheinlich vor keinem einzigen Mädchen in der Klasse mehr verstecken. Zumindest in deinem Kopf haben die dich alle ja schon so gesehen."

„Hör auf damit!", fauchte ich. In diesem Moment war mir egal, was es bedeutete, dass Carmen wieder aufgetaucht war. Oder, dass sie anscheinend in meinen Fantasien herumglotzen konnte. „Und wenn schon! Dreh dich bitte um!"

Zu meiner Überraschung tat Carmen es wirklich, ging einen Schritt von der Dusche weg und drehte mir den Rücken zu. Vorsichtig stieg ich aus der Dusche, griff mir meinen Bademantel und schlüpfte hinein.

Während ich über den eiskalten, glatten Fliesenboden auf den komplett beschlagenen Spiegel zu schlurfte, schaute Carmen zwar weiter weg, redete aber mit mir.

„Ich wollte dir bestimmt nicht dabei zuhören, wie du dir unter der Dusche selber Spaß machst. Aber irgendwas hier wühlt dich ganz extrem auf und ich frage mich, was", flüsterte Carmen, gefolgt von einem langgezogenen „Ooooooooooooooh!"

Sie musste irgendwas Interessantes hinter mir entdeckt haben, aber ich drehte mich nicht um. Ich wollte mir überhaupt nichts anmerken lassen. Es gab Dinge, die sollte Carmen nicht wissen, am besten nicht einmal ahnen. Also versuchte ich krampfhaft, sie zu ignorieren. Stattdessen griff ich in die Innenseite meines Ärmels und zog ihn über den Spiegel, um den Dunst wegzuwischen. Ich schaute in den Spiegel – und mein Herz blieb stehen. Jemand stand direkt hinter mir, keine zwanzig Zentimeter von mir entfernt und starrte mich über meine Schulter hinweg und durch den Spiegel in die Augen. Aber sie sah anders aus. Dunkle Brauen, kurze, schwarze Haare, grünbraune Augen wie Baumrinde und Moos, schmale, scharfkantige Kiefer und Wangen: Franziska!

Ich fuhr herum, aber hinter mir stand wieder dieselbe Carmen wie vorher. Grüne Augen, rotes Haar, Straßenkleidung. Dieselbe Carmen – die tote Carmen. Sofort schlüpfte die Panik in meiner Brust und krabbelte mit unzähligen spitzen, kurzen Spinnenbeinen meine Luftröhre hinauf. Der bittere Geschmack der Übelkeit breitete sich am Rand meiner Mundhöhle aus und kroch die Wangen links und rechts entlang nach vorne. Was war das? Die Halluzination einer Halluzination?

„Je mehr man sich anstrengt, nicht an etwas zu denken, umso mehr drängt es sich nach vorne, Joshi und umso mehr muss man daran denken", grinste Carmen. „Dann tauchen die Dinge plötzlich überall auf."

„Und du kannst Gedanken lesen?"

„Joshi, ich lebe in deinen Gedanken, genau da drinnen!", sagte sie, streckte ihren Zeigefinger aus und drückte die Fingerspitze gegen meine Stirn. Den Druck selbst spürte ich nicht, nur den Hauch der Kälte, die durch meinen Kopf und meinen Hals strömte. Ich wurde langsam wieder ruhiger, das half, aber es fühlte sich an, als wäre es die Ruhe des Todes, die sich dafür breitmachte.

„Alles in deinem Kopf schreit *Franziska*", murmelte Carmen, sah sich um – und stockte. Sie dreht sich einmal um sich selbst, während sie sich im Badezimmer umsah, dann fuhr sie wieder zu mir herum.

„Nein!", rief sie gedehnt, die Augen aufgerissen, die Wangen glühend rot vor Aufregung. „*DAS* willst du so krampfhaft vor mir verheimlichen?"

„Was?", fragte ich.

„Diese Erinnerungen!"

Ich wusste mittlerweile schon, wovon sie sprach und versuchte es, so gut es ging zu unterdrücken, daran zu denken, sie nicht an Carmen zu verraten. Aber sie wusste es ohnehin schon.

„Du und Franziska?", hauchte sie. „Ihr beiden, hier drinnen, letztes Schuljahr schon?"

„Ja", brummte ich unwillig.

„Du bist doch gerade erst fünfzehn geworden, jetzt im Oktober. Und Franziska ist auch noch vierzehn gewesen bis August! Du Windhund!"

„Ich will wirklich nicht darüber reden!", fauchte ich, so scharf ich nur konnte. Aber anscheinend nicht scharf genug, um irgendeinen Eindruck bei Carmen zu hinterlassen.

„Tut es dir immer noch sehr weh?", fragte Carmen plötzlich ganz ruhig und sanft, ganz ohne zu lachen oder sich über mich lustig machen zu wollen.

Es hatte also keinen Sinn, Carmen wollte darüber reden. Weglaufen konnte ich ihr ja nicht, also konnte ich auch ehrlich sein, während ich mir meine Zahnbürste griff.

„Ich weiß es nicht", murmelte ich. „Ich bereue es nicht, aber ich denke nicht gerne daran."

„Aber die Wahrheit ist, dass du öfter daran denkst, als dir lieb ist!"

Ich fantasierte darüber, wenn ich alleine war. Ich wollte eigentlich nichts mehr von Franziska und sie von mir auch nicht. Und wir verstanden uns ganz gut. Keine echte Freundschaft, aber immerhin. Durfte ich dann noch an diesen Erinnerungen Spaß haben? Durfte ich auch dann daran denken, wenn ich live mit ihr zusammen war. Wie heute Vormittag, als sie sich ihre nassen Hände an meiner Kleidung abgewischt hatte? Und wenn ja, wie konnte es dann trotzdem manchmal doch noch wehtun; und nicht nur ein bisschen.

„Aber *hier*?", drängte Carmen weiter, „wenn dein Zimmer auf der anderen Seite vom Flur ist? Habt ihr euch zu viele schmutzige Filmchen angesehen, dass ihr auf solche Ideen kommt?"

Auf solche Ideen klang gut. Wir waren nicht groß verliebt gewesen. Gar nicht, eigentlich. Angefangen hatte es damit, dass wir den halben Vormittag in der Schule Wahrheit oder Pflicht gespielt hatten – zumindest in einer abgespeckten Variante.

Wahrheit: Gehst du vor dem Duschen pinkeln oder währenddessen?

Pflicht: Leck an der Tischplatte.

Wahrheit: Welchen Lehrer findest du am sexiesten?

Pflicht: Einmal „Kikeriki" bei der Manninger im Unterricht schreien!

Nach der Schule machten wir weiter.

„Wahrheit oder Pflicht, Joshua?"

„Wahrheit!"

„Hast du schon einmal eine geküsst? Mit der Zunge, natürlich!"

„In der Fünften zu Weihnachten, weil wir den Mistelzweig im Klassenzimmer hängen hatten. Lisa. Ich hab's zumindest versucht, aber sie hat mir vor Schreck fast die Zungenspitze abgebissen. Und du?"

„Du hast nicht *Wahrheit oder Pflicht* gesagt!"

„Wahrheit oder Pflicht!"

„Pflicht!"

„Scheiße!"

„Pflicht, Joshua!"

„Komm zu mir nach Hause und spiel weiter, solange meine Eltern noch nicht da sind."

Das war klar nur ein Bluff gewesen. Ein Bluff, den ich verlor.

„Okay! Dann weiter: Wahrheit oder Pflicht?"

Wenn Franziska glaubte, mich aus der Fassung bringen zu können -

...

„Pflicht!"

„Gib mir deine Hand!"

Es gelang ihr! Aus einem blöden Spiel, um der Langeweile zu entgehen, wurde ein aufregendes Spiel, mit dem wir uns gegenseitig herausforderten.

„Wahrheit oder Pflicht, Joshua?"

„Wahrheit."

„Hast du Gummis daheim?"

Es wurde ein Spiel daraus, über das wir die Kontrolle verloren, weil wir zu sehr damit beschäftigt waren, die Kontrolle über den anderen zu bekommen.

„Wahrheit oder Pflicht?"

„Wahrheit."

„Bist du nervös?"

„Ja!"

...

„Pflicht."

„Mach den obersten Knopf auf!"

„Du?"

„Pflicht"

„Lass dir den zweiten Knopf aufmachen!"

...

Ich war in Unterhose ins Badezimmer ge-
huscht. Ich hatte behauptet, dass ich mir vorher noch
die Hände waschen müsste. Aber ich hatte Abstand gebraucht – dringend! Ich hatte Angst bekommen. Ich
war wild entschlossen gewesen, mich nicht von Franziska übertrumpfen zu lassen. Aber den Schneid hatte
sie mir abgekauft und wedelte jetzt provokant damit
vor meinem Gesicht herum. Metaphorisch, halt.

Wortwörtlich war sie hinter mir hergegangen und wedelte mit den Kondomen vor meinem Gesicht herum.

„Du bist dran, Joshi und ich gebe dir nur noch Pflicht!"

Sie ließ mich einfach nicht mehr rausgehen, sonst hätte sie mich nicht mehr ran gelassen. So sehr es mir auch zu schnell ging – *ES* wollte ich jetzt trotzdem auch.

So kam es, dass wir es auf dem Badezimmerteppich neben der Badewanne getan hatten.

Die Zahnpasta tropfte von meinen Lippen auf meinen Bademantel. Wie lange putzte ich schon meine Zähne, während ich mich mit offenen Augen und halb geöffnetem Mund an diesen Nachmittag vor einem halben Jahr erinnerte.

„Es ist unglaublich", flüsterte Carmen, „deine Augen sind wie zwei kleine Kinos für mich. Alles, was in deinem Kopf vor sich geht, spiegelt sich in ihnen" Aber dann wurde sie wieder ernst. „Du bist dir nicht sicher, ob es eine gute Erinnerung ist?"

„Ich saß noch auf dem Badezimmerteppich danach und war ziemlich fertig und mir war auch irgendwie ziemlich übel. Mein Magen fühlte sich komisch an. Egal! Jedenfalls war sie da schon wieder am Waschbecken und wusch sich das Gesicht. Ich hab sie gefragt, wie es war. Aber Franziska hat nichts gesagt und wir haben danach Tee getrunken und nie mehr darüber geredet. Kann gut sein, dass es für sie auch eine miese Erinnerung ist."

„Und seitdem?"

Seitdem sahen wir uns immer mal wieder in der Pause und redeten manchmal auch miteinander. Selten gingen wir gemeinsam nach der Schule den Bach entlang. An den Sonntagnachmittagen trafen wir uns bei ihren Ministranten. Wir waren befreundet, aber nicht zu sehr. Franziska war nie mehr bei mir gewesen und ich sowieso nie bei ihr zu Hause.

„So ist das also mit Franziska", murmelte Carmen. „Ihr beide seid unmöglich! Ihr habt echt einander verdient! Ihr macht solche Sachen gemeinsam, aber über mich verbreitet ihr die ganze Zeit blödsinnige Gerüchte!"

„Ich!", hob ich an. Ich wollte sagen, dass ich nie auch nur daran denken würde, Gerüchte zu verbreiten – aber es wäre eine Lüge gewesen. Carmen steckte mir so tief im Kopf, sie würde es sofort durchschauen können, also hielt ich die Klappe. Immerhin hatte sie recht, manchmal war es wirklich so. Wenn man Carmen mit jemandem im Schwimmbad gesehen hatte. Oder abends irgendwo. Mit einem Jungen? Was hatte sie angehabt? Würden die anderen genauso darüber denken. Das hieß: genauso schlecht? Wusste jemand Genaueres?

„Ja, Joshi. Du auch. Es gehört zu Franziskas Art, die Leute zu Gesprächsstoff zu machen, die sie nicht ausstehen kann. Eine zu gute Note, eine zu schlechte Note – alles ist ein Grund, sich das Maul zu zerreißen. Und du, Joshi, bist oft genug einer ihrer Fußsoldaten, der bei dem Blödsinn mitmacht. Schau mir ins Schielauge und sag mir, dass es nicht stimmt!"

Carmen schaute mir geradewegs in die Augen und tatsächlich – ihr rechtes Auge war um ein paar Grad zu weit nach innen gerichtet. Ein kaum merklicher Silberblick. Hatte sie den immer schon gehabt oder bildete ich mir das nur ein.

„Ihr seid oft genug ziemliche Lästermäuler", brummte Carmen. „Ich konnte mich dagegen wehren, das hast du auch schon erfahren, früher. Aber es gibt auch welche, die euch in die Quere kommen und schwächer sind."

Hellen, dachte ich. *Markus, vielleicht.* Ich versuchte, Hellen in Frieden zu lassen. Franziska war schon manchmal gemein zu ihr gewesen. Aber unter Jungs war es Fairgame, dachte ich damals. *Wenn sich Jungs gegenseitig fertigmachen, sollen sie sich eben zur Wehr setzen.*

„Dass du echt solche Vorstellungen hast!" Carmen schüttelte den Kopf. Ungläubig oder voller Verachtung – oder beides – ich wusste es nicht. „Dein Bademantel ist übrigens offen, seit du mit dem Zähneputzen angefangen hast."

Verdammt! Hastig zog ich ihn zusammen und schlich um Carmen herum zu meinen Schlafklamotten. Vorsichtig, sodass sie mich hinter dem Bademantel nicht sehen konnte, zog ich mich wieder an.

Als ich die Badezimmertüre öffnete, ging Carmen voran auf mein Zimmer zu, direkt an Papa vorbei. Der stand in der Türe zu seinem und Mamas Schlafzimmer und zuckte nicht einmal mit den Wimpern, als sie an ihm vorbeihuschte. Also konnte wirklich nur ich sie sehen.

Er nickte mir zu, als ich an ihm vorbeiging, sagte aber nichts. Das fühlte sich gut an: Zu wissen, dass er Respekt davor hatte, dass sich diese Sache erst einmal alleine durchstehen wollte.

„Du hast umdekoriert", stellte Carmen fest, als wir eintraten. „Gefällt mir!"

Ich setzte mich auf mein Bett. Ich war wirklich müde, mehr, als ich geahnt hatte. Es war gerade erst Neun Uhr, aber es fühlte sich an, als wäre ich eine ganze Nacht über wach geblieben. Dieser ganze seltsame Tag wartete nur darauf, endlich abgestreift zu werden wie alte Socken. Ich sah wieder zu Carmen auf. Die saß in der Mitte meines Zimmers auf dem Boden und sah mich an.

„Du kannst ruhig das Licht ausmachen, Joshi. Ich habe keine Angst vor dem Dunkel mehr. Das geht weg, wenn man – zu Leben aufhört."

„Gehst du jetzt auch schlafen?"

„Nein, Joshi. Wenn ich noch einmal schlafen gehe, habe ich keine Ahnung, ob ich wieder den Weg zurück finde. Ich möchte aber noch bei dir bleiben für eine Weile. Ich glaube, es gibt Dinge, die dir weh tun und die ich dir vielleicht … erklären kann. Ich werde einfach hier warten, bis du morgen wieder aufstehst."

Die Vorstellung, die ganze Nacht über von einer untoten Carmen beobachtet zu werden, war eher ungemütlich und machte es nur noch seltsamer, dass sie überhaupt da war. Aber verlieren wollte ich sie auch nicht. Sie sollte da bleiben!

Carmen schaute mich an, als wüsste sie wieder, was ich dachte. Aber anstatt etwas zu sagen, machte sie einen Schritt auf mich zu, nahm mich bei den Schultern und zog mich an sich heran. Ich hatte keine Ahnung, was das sollte, aber ich ließ es geschehen. Ich vertraute Carmen. Sie würde schon nicht irgendeine

Gespensternummer aus einem Horrorfilm abziehen, mir meine Seele durch den Mund heraussaugen.

Carmen blieb erst stehen, als sich unsere Nasenspitzen fast berührten, unsere Lippen keine zehn Zentimeter voneinander entfernt waren. Ich spürte ihren eiskalten, trockenen Atem, der nach Badeschaum duftete, auf meinem Mund und ihren Blick, der sich durch meine Augen bohrte. Sie war im Begriff, irgendetwas zu tun, so nah bei mir, an meinem Körper – aber ich fand es nicht heraus. Noch bevor etwas passieren konnte, klopfte es an meiner Türe.

„Joshua?", rief mich meine Mutter durch die Türe hindurch und klopfte sofort nochmal.

„Komm rein!", krächzte ich mit belegter Stimme und räusperte mich danach so, wie man sich immer räuspert, wenn man gerade von seiner Mutter bei etwas Geheimen – und Peinlichen – überrascht wurde.

„Joshua, mein Gott, dein Gesicht ist ganz rot! Fühlst du dich auch gut, oder hat dich die Grippe …" Sie ließ den Satz unbeendet.

„Mhm", machte ich nur, nickte und lächelte. Ich spürte die Hitze auf meinen Wangen und meiner

Stirn und konnte mir ausmalen, wie rot angelaufen ich aussehen musste.

„Das ist nichts, Mama. Ich bin ganz gesund, ich hatte nur gerade vor, mit meiner toten Klassenkameradin rumzuknutschen. Nein, keine Angst, nur mit ihrem Gespenst, keine Ahnung, wo die Leiche ist." Das hätte ich gerne gesagt, hörte mich es sogar in meinem Hinterkopf sagen, aber klar hielt ich den Mund. Solange das mit Carmen funktionierte, wollte ich Mama nicht noch mehr beunruhigen.

„Ich habe nur zu heiß geduscht"

Wahrscheinlich glaubte mir Mama nicht, aber sie akzeptierte die Ausflucht.

„Wenn du dich nicht gut fühlst, Joshi, dann sagst du es sofort, ja? Wenn du dich morgen früh nicht bereit fühlst – ich ruf in der Schule an, dass du zu Hause bleibst! Du redest mit uns, ja?"

Ich nickte wieder, "Ja!", aber dachte plötzlich, dass das nicht genug war, öffnete die Türe ganz und umarmte Mama. Keine Ahnung, ob sie oder ich die Umarmung mehr brauchte, aber sie half uns beiden, mit der ganzen Situation zurechtzukommen. Mama dabei, dass sie einen verwirrten, traurigen Sohn hatte, der alleine sein wollte und mir damit, dass mir das Alleinsein Angst machte, aber ich niemandem erklären konnte, wieso.

Ohne noch etwas zu sagen, schloss Mama die Türe hinter sich. Ich drehte mich wieder um – und war tatsächlich ganz alleine. Carmen war weg, keine Ahnung wo.

Etwas raschelte. Ich konnte Schritte hören, ganz leicht und leise auf dem Teppichboden meines Zimmers. Die Schritte kamen näher.

Ich bewegte mich nicht, öffnete nicht die Augen. Ich hätte ohnehin nichts gesehen, ich hatte mich im Schlaf zur Wand gedreht, zum Fenster, den Sternen. Mein Zimmer hatte ich im Rücken. Der letzte Schritt kam von direkt neben meinem Ohr. Danach: Stille. Absolute kein Geräusch. Nicht einmal Atmen.

Sollte ich mich umdrehen, nachsehen? Oder zumindest etwas sagen? Ich tat nichts.

Etwas drückte auf die Matratze auf Höhe meiner Hüfte. Bewegung, meine Decke verrutschte und kühle Luft strich über meinen Rücken und meine Schultern. Etwas Eiskaltes presste sich der Länge nach an meinen Körper. Kalte Luft strich über meinen Oberarm. Nein, keine Luft. Kälter, so kalt, wie nur der Tod war. Es war der eiskalte Körper eines ertrunkenen Mädchens, die mich umklammerte, sich an mich presste.

„Du hast hübsch umdekoriert", flüsterte Carmen. „Ich kann von hier aus die Sterne sehen. Das ist schön. Die Sterne sind wichtig!"

Sie presste sich fester an meinen Oberkörper. Sie sog jede Körperwärme aus mir.

„Carmen", flüsterte ich, während ich in das dunkle Nirgendwo des Schlafes zurück driftete. Jetzt war ein guter Moment, eine der Fragen zu stellen, die mir seit heute Früh durch den Kopf hallten. „Wie fühlt es sich an, zu sterben? Wie ist das?"

„Dreh dich nicht um, Joshi. Schau dir die Sterne an und schlafe ein."

Carmens Sternenhimmel

Ich fror, als ich am nächsten Morgen noch vor meinem Wecker aufwachte. Ich fühlte mich komplett schlapp, als hätte irgendetwas über Nacht meine ganze Kraft ausgesogen. Ich schlug die Augen auf und blickte in die Dunkelheit um mich herum. Das Bett war leer und kühl. Natürlich war es leer. Wer sollte drinnen sein? Meine tote Klassenkameradin? Ich fuhr mit den Fingerspitzen über das Bettlaken und tappte über die Cajòn auf der Suche nach meinem Handy. Fünf Uhr dreißig, eine gute Stunde zu früh.

Ich konnte kaum die Augen offenhalten, aber mein Körper hatte lange genug geschlafen und meine Muskeln sehnten sich danach, etwas zu tun. Eine miese Kombination: Kaum wach genug zu sein, um auf den Beinen bleiben zu können, aber trotzdem nicht mehr schlafen zu können. Also Licht an, mich strecken, Klamotten aussuchen, Deo, anziehen, am Schlafzimmer von Mama und Papa vorbeischleichen, Zähne putzen, pinkeln, wieder leise über den Flur tappen.

In meinem Zimmer warf ich hastig ein paar Sachen zusammen. Einen Block, einen Bleistift, den Füller würde ich schon nicht brauchen. Bei Roger würde ich mit in die Bücher gucken.

Ein Teil von mir hatte gehofft, dass alles, was gestern geschehen war, ein Traum gewesen wäre. Ein winziger Teil glaubte es vielleicht sogar. Trotzdem zuckte ich nicht einmal mehr richtig zusammen, als ich in der Küche das Licht einschaltete und Carmen aus der Dunkelheit auftauchte.

„Süß geträumt?"

„Was denkst du?", brummte ich, während ich an ihr vorbei schlurfte, Wasser aufsetzte und unschlüssig vor dem offenen Kühlschrank stehen blieb. Irgendwas zu essen musste ich schon mitnehmen, einen Apfel, eine Banane. Und jetzt? Müsli oder Toast? Ich griff mir ein paar Sachen aus dem Kühlschrank, goss unterwegs den Tee auf und balancierte alles an den Tresen.

„Mayonnaise, Orangenmarmelade, Vollkornbrot, Milch und Schinken?", fragte Carmen. „Man merkt echt, dass dir deine Mutter das Frühstück macht! Bist du so verpennt, dass du das Zeug zusammen essen möchtest?"

„Vielleicht mag ich auch einfach Mayo mit Süßem", grummelte ich, als ich ratlos auf die unsinnige Auswahl vor mir starrte. Anstatt mir vor Carmen die Blöße zu geben, tat ich so, als sei es Absicht gewesen, würgte eine Scheibe Vollkornbrot mit Mayonnaise und Schinken und eine weitere mit Marmelade, die ich nicht ausstehen konnte, runter.

„So, du Morgenmuffel!", rief Carmen aus und stand auf. „Es ist gerade erst sechs. Was machst du mit der viel zu vielen Zeit, die du hast?"

Ich zuckte mit den Schultern.

„Noch mal Vokabeln lernen, um von unangekündigten Abfragen sicher zu sein?"

„Ich habe wirklich keine Lust – wenn das genauso ein Mist wie gestern wird, könnte ich wetten, dass es den Lehrern lieber wäre, wenn wir zu Hause blieben. Die können nichts mit uns anfangen, mit denen sind wir genauso alleine wie ohne. Und außerdem: So lange du noch nicht unter der Erde bist, gibt's bestimmt keine Tests oder irgendwelche echten Stunden."

„Charmant, Joshi! So zuckersüß von dir, dass ich kotzen könnte!", erwiderte Carmen düster. Es tat mir leid – aber das half jetzt auch nicht mehr.

Während ich den letzten Bissen meines widerlichen Frühstücks runterwürgte, streckte sich Carmen intensiv und hörbar. Ihr entfuhr ein langes, raues „Nnnnnnnnnggggghn", als sie ihre Arme so weit wie möglich von sich streckte. Das gefiel mir. Zu sehr, als dass ich nicht daran denken konnte. Zu sehr, um daran denken zu wollen.

„Wir können jetzt also losgehen!"

„Wie, gehen?", fragte ich.

„Willst du jetzt eine Stunde hier herumsitzen und auf den Bus warten? Wir haben genug Zeit, wieder zu laufen … Komm schon!"

„Es ist eiskalt draußen und ich bin ziemlich müde, Carmen!", quengelte ich, aber Carmen blieb von ihrer Idee unerbittlich begeistert. „Du hast nichts Besseres zu tun! Oder egal besser – irgendwas anderes!"

Ich hatte wirklich nicht.

„Frische Luft hilft, den Kopf freizubekommen und wieder wach zu werden, Joshi."

Bestimmt nicht frei von dir, dachte ich und hielt wie immer die Klappe, sondern sagte nur: „Lass mich nur schnell einen Zettel für Mama schreiben, dass ich schon los bin!"

Zehn Minuten später standen wir draußen auf der Straße. Es war noch nicht mal halb sieben und mir war übel und kalt. Die Wolken waren während der Nacht weitergezogen und hatten einen dunkelblauen, mit Edelsteinen besprenkelten Seidenhimmel hinterlassen. Einen eiskalten, klaren Morgen, der von weißen Eiskristallen blinkte. Das Gras war mit Raureif überfroren, der Asphalt an einigen Stellen spiegelglatt. Ich trug eine Mütze, einen Schal, die Winterjacke und trotzdem war mir kalt. Carmen hatte dasselbe wie gestern an: Den dünnen, lila Kapuzenpulli und die dünne, schwarze Stoffhose. Sie störte die Kälte natürlich nicht. Sie war schon ertrunken, sie konnte nicht noch erfrieren.

Diese Kleidung bedeutete mir etwas, die beiden silbernen Klammern im Haar, dieses Glitzerzeug, das sie auf den Augenlidern hatte. Irgendwas tief in meinem Kopf klingelte, wenn ich an ihre Klamotten dachte – aber ich hatte noch keine Ahnung, warum.

Ich wohnte im Wohngebiet auf dem Hügel oberhalb der Stadt. Zur Realschule waren es keine 10 Minuten, zum Gymnasium musste man durch die ganze Stadt. Und in diese Schule unten am Bach, hinter der Innenstadt, hatten mich meine Eltern gesteckt, ob es zu mir passte oder nicht. Normalerweise hätte ich den Bus genommen, aber Carmen hatte andere Pläne.

Die ersten zehn Minuten gingen Carmen und ich bergab auf den Bahnhof zu. Den umgekehrten Weg wie gestern. Wir schwiegen. Es war noch kaum etwas los, nur wenige Autos kreuzten unseren Weg. Hinter nur wenigen Fenstern konnte ich Licht sehen und meistens sah es nach den kleinen Milchglasfenstern von Toiletten und Badezimmern aus. Die meisten waren wohl noch mit dem Aufstehen beschäftigt.

„Genieße die Dunkelheit, Joshi. Das gibt es nur noch sehr selten. Das Stadtlicht klebt wie eine Decke aus Plastik über uns und überdeckt das Sternenlicht."

„Das ist doch ziemlich genau, was du bei deinem Referat in der Fünften oder Sechsten gesagt hast, oder?"

„Wenn ich es jetzt sagen kann, heißt das, dass du dich noch daran erinnern kannst. Das ist süß von dir. Als Kind hat mich das alles wohl ziemlich fasziniert, die Sterne, die unendlichen Weiten."

„In Reli in der Grundschule haben sie uns mal erzählt, dass jeder Mensch in seiner Seele so glüht wie ein Stern. Und wenn es zu Ende geht, kehrt man zurück in den Himmel, wo man wirklich zu einem Stern wird. Den Quatsch halt, den man Kindern noch erzählen kann, solange sie keine Widerworte geben."

Carmen blickte an sich herunter, tastete ihre Brust, ihren Bauch und ihre Hüften ab.

„Scheint zumindest bei mir nicht ganz geklappt zu haben damit, ein Stern zu werden. Es fühlt sich nicht so an, als würde ich in Flammen stehen. Stelle ich mir aber auch furchtbar vor, ganz ehrlich!", fügte Carmen düster hinzu. „Stell dir das vor. Sterne sind Millionen von Jahren voneinander entfernt. Milliarden von Kilometern, Joshi. Das ist absolute Einsamkeit,

Joshi. Alleine sein und gelangweilt. Dafür lebt man dann sechzig oder achtzig Jahre oder nur fünfzehn? Dafür lohnt sich das Sterben nicht. Und wenn du doch zu so einem Stern wirst und irgendwelche Planeten schweben um den Stern herum? Dann entwickelt sich auf einem deiner Planeten echt Leben, intelligentes Leben und das ist dann so bescheuert, dass es sich die ganze Zeit umbringt, wie Menschen halt. Hätte man sich das alles dann nicht auch sparen können?"

Ich verstand nicht alles, was mir Carmen mitzuteilen versuchte und bevor ich noch darüber nachdenken konnte, rutschte mir heraus: „Wenn man so bescheuert stirbt, wie…"

„Ach!", rief Carmen erbost, „du findest meinen Tod bescheuert?!"

Mit dem Verlängerungskabel in der Badewanne sitzen, dachte ich. Carmen ging nicht darauf ein, verzog nur ein bisschen das Gesicht.

„Komm! Ich zeige dir was!", sagte Carmen, griff sich den Zipfel meines Jackenärmels und zog mich über den Bordstein auf einen kleinen Weg zu, der von links auf unsere Straße einbog.

„Wo gehen wir hin?"

„Zur Unterführung!", antwortete Carmen bestimmt und zog mich weiter.

„Die Unterführung?", protestierte ich. Sie führte auf der anderen Seite des Bahnhofes unter den Gleisen hindurch. Anstatt in fünf Minuten über die Gleise zu gehen, wollte Carmen, dass wir an den Gleisen entlang und unten drunter durchgingen, sodass wir in der Innenstadt rauskamen.

„Das ist nochmal ein Umweg von zehn Minuten!"

„Du musst dich nicht beeilen", erwiderte Carmen. „Wir haben genug Zeit! Und ich muss dir dort was zeigen, komm schon!"

Ich gab auf. Ich wollte nicht streiten und widersprechen konnte ich ihr sowieso nicht. Wir hatten genug Zeit.

Knapp zehn Minuten später erreichten wir die Unterführung. Eine kleine Treppe führte einen Abhang hinunter zum Eingang. Oberhalb der Treppe stand die letzte Straßenlaterne. Vereinzelte alte Lampen an der Decke erleuchteten die Unterführung, das wusste ich. Aber da unten vor dem Eingang warteten erst einmal ungemütliche Dunkelheit. In die wollte mich Carmen jetzt hineinführen.

„Vielleicht bist du doch nicht so ungefährlich, wie ich es mir erst eingeredet habe", murmelte ich. Aber Carmen ignorierte mich, trippelte die Treppe hinunter und wartete unten im Zwielicht auf mich.

Der Tunnel verlief unter den vielen Gleisen und dem Bahnhofsgebäude hindurch und öffnete sich auf der anderen Seite direkt auf einen Zebrastreifen. Es waren insgesamt einhundert Meter Unterführung, nicht mehr besonders gut in Schuss und wahrscheinlich so alt wie Papa. Die Lampen, die in regelmäßigen Abständen Licht hätten spenden sollen, leuchteten nur schwach. Manche flackerten unangenehm und gingen immer wieder für Sekundenbruchteile aus. Mindestens zwei Lampen konnte ich in der Ferne erkennen, die ganz aus waren. Toll! Außerdem roch es unangenehm modrig und feucht und ungesund. Als hätte jemand in die Unterführung gepisst und Spiritus drüber gekippt.

Ich konnte diesen Ort schon an normalen Tagen nicht ausstehen. Aber heute war die Unterführung noch dunkler, noch kälter und auch, wenn man so was mit fünfzehn eigentlich nicht mehr denken sollte – zu gruselig. Die Echos meiner Schritte hallten noch lauter und feuchter von den Wänden.

In der Mitte der Unterführung, gerade, als ich unter ihr stand, fiel eine Lampe aus. Der Lichtkegel, in den ich gestanden war, erlosch und Carmen war plötzlich nur noch ein farbloser Schatten irgendwo vor mir. Die Wände waren zu dunkelblauem Nebel links und rechts geworden.

„Carmen?", hob ich zu einer Frage an, wurde aber sofort von einem scharfen „Pssssssssssssst" unterbrochen. Also gingen wir schweigend weiter.

Sobald ich unter die nächste Lampe trat, passierte dasselbe: Die Lampe fiel aus. Aber dieses Mal gab es vorher kein warnendes Flackern und das Licht erlosch nicht einfach nur. Die Lampe zerbarst. Funken und Glassplitter rieselten durch die Dunkelheit. Dieses Mal erschrak ich richtig, zuckte zurück und musste richtig durchatmen, bevor ich weitergehen konnte. Die Unterführung war zwar ranzig und niemand kümmerte sich darum, aber das war nicht normal. Mein Nacken und meine Handflächen wurden feucht. Ich wollte hier raus!

Vor mir zählte ich noch sieben Lampen.

„Machst du das, Carmen?"

Aber ich bekam keine Antwort. Ich sah und hörte sie nicht. Carmen war fort.

Wo waren überhaupt alle anderen? Es war in der Früh am Bahnhof – hier sollten eine Menge Leute sein, zu Fuß, auf dem Fahrrad, Schüler vielleicht, Leute, die zur Arbeit mit dem Zug fuhren, aber niemand! Es war überhaupt niemand da!

Ich lief jetzt schneller. Natürlich fiel die nächste Lampe auch aus. Die danach leuchtete normal einfach weiter. Aber als die übernächste erlosch, zerbarst und mir Funken und Splitter ins Haar und in den Nacken spritzten, rannte ich los.

Noch einmal zwei Lampen – das konnte nicht sein! Es waren doch nur sieben gewesen, bis zum Ausgang, vielleicht acht. Ich hatte die Treppe doch schon fast gesehen? Jetzt sah ich vor mir nur noch Dunkelheit und einen wabernden, dünnen Nebel und darin: einen Lichtkegel hinter dem nächsten hinter dem nächsten hinter dem nächsten … Eine unendliche Kette aus Lichtern, die schneller erloschen, als ich laufen konnte.

Nichts davon kann wahr sein!, versuchte ich mir einzureden, als mir Funken ins Gesicht flogen und winzige Löcher in die Haut brannten. Der Glasstaub einer zerfetzten Glühbirne brannte mir in den Augen, Rauch zog mir in die Lungen. Ich hustete, stolperte und würgte, als der Rauch und das Glas tiefer in meine Brust sank, blieb stehen und hielt mir die schmerzenden Seiten. Durch den undeutlichen Schleier aus Tränen sah ich die Lichter vor mir: Dutzende. Hunderte.

„Du hast Angst, Joshua!", erklang Carmens Stimme hinter mir. „Dreh dich nicht um! Sieh dir die Lichter an. Jedes ist ein einzelnes Leben!"

Das erste Licht erlosch. Ein Herzschlag verging, ein zweiter, ein dritter, das nächste Licht explodierte.

„Dreh dich nicht um!", zischte sie plötzlich irgendwo vor mir mit einer Stimme, die wie eine erstickte Katze klang. Das schmerzhafte Schreien einer – nein - das Gurgeln einer ertrinkenden Katze.

„Ich kann nichts gegen deine Angst tun", sagte eine Gestalt ohne Gesicht, aber mit Carmens Stimme, die durch die Schatten auf mich zu kam. Mit jedem ihrer Schritte zerbrach ein weiteres der unendlichen Lichter hinter ihr.

„Was passiert hier, Carmen?", wisperte ich, weinte fast vor Angst. Jetzt musste es endgültig so weit sein: Ich war wirklich dabei, total durchzudrehen.

„Es tut mir leid, Joshi. Du hast Angst. Natürlich hast du Angst vor mir!", flüsterte Carmen.

Dann ging das Licht über uns plötzlich an. Ich konnte die Gestalt vor mir sehen. Der Schrei, der in meiner Brust aufstieg, blieb irgendwo in meinem Hals stecken und nur ein kurzes, feuchtes Krächzen kam heraus.

Carmens Augen waren matt und farblos. Dicke, schwarze Tränensäcke saßen darunter. Ihre Haut war blass, fast durchsichtig. Ich konnte ihre Adern darunter sehen. Ihr aufgedunsenes Gesicht sah aus wie eine zu breite, schlecht sitzende, mit blauen Linien durchzogene Gummimaske. Ihre Lippen, ihr ganzer Mund war lila und gegen die Innenseite der Wange presste sich etwas so starres, dickes, dass sich eine deutliche Beule in ihrem Gesicht bildete. Ich konnte nicht sehen, was es war, aber ich wusste es trotzdem – eine angeschwollene Zunge, so dunkel violett, dass sie fast schwarz war.

Das war Carmens Gesicht. Das Gesicht einer Toten, die unter Wasser gestorben und danach stundenlang darin gelegen war.

Aus ihren Haaren und aus allen Öffnungen, den Augenwinkeln, ihren Mundwinkeln, der Nase drang eine glänzende weiße Masse, die den Geruch von Mandeln und Kokosnuss verströmte. Badeschaum, den sie beim Ertrinken eingeatmet haben musste.

Unfähig zu schreien, zu rennen, irgendwas zu tun, zuckte ich einfach nur zurück, presste die Augen zusammen und wartete.

Eins, zwei drei, vier, ... „Joshi?" ... *zehn, elf, zwölf, dreizehn, vierzehn* ... eine eiskalte, nasse Hand berührte mein Gesicht, meine Hand, meine Schultern. Ich wartete ... *siebenundzwanzig, achtundzwanzig, neunundzwanzig ...*

und öffnete die Augen. Es war wieder Carmen, wie sie die ganze Zeit ausgesehen hatte. Lebendig. Wie früher.

Direkt hinter ihr führte die Treppe aus der Unterführung nach oben. Durch die Öffnung nach draußen strömte ein sanftes Licht, das blau war, sich aber trotzdem warm anfühlte. Hastig blickte ich hinter mich: dieselbe normale Unterführung wie sonst, mit Treppe an die Oberfläche, funktionierenden Deckenlampen und Graffiti an den Wänden.

Als wäre nichts gewesen, ergriff Carmen wieder meinen Ärmel und führte mich die Treppe hinauf. Eigentlich sollten wir mitten in der Stadt herauskommen mit all ihren elektrischen Lichtern, dem Verkehrslärm, den Menschen. Aber ich trat ins Leere, als ich am oberen Ende der Treppe ankam. Nur blass sah ich die Silhouetten der Gebäude in dunkelblauem Nebel. Es war menschenleer.

„Schau hoch!", sagte Carmen, als sie neben mich trat. Ich folgte ihrer Aufforderung – und hörte zu atmen auf.

Über Carmen und mir erstreckte sich ein Sternenhimmel, den man in der Stadt nie zu sehen bekam.

Ein breites, weites und weißes Band erstreckte sich von Horizont zu Horizont. Es waren so viele Sterne, dass ich sie gar nicht mehr einzeln sehen konnte. Alles, was ich sah, war ein strahlender Riss in unendlicher Schwärze, durch den Milliarden Stecknadelköpfe aus weißem Licht drang.

„Die Milchstraße", flüsterte Carmen, „alle Sterne unserer Galaxis. Und dahinter alle anderen Galaxien mit all ihren Milliarden Sternen. Stell dir vor, es wäre wirklich so, wie du vorhin gesagt hast. So schön und so traurig: so viele tote Seelen – und alle unendlich weit voneinander weg! So hast du dir das doch vorgestellt, Joshi, damals, in der Grundschule, als sie euch das im Reliunterricht erzählt haben, oder?"

Ich nickte, sprachlos von diesem unglaublichen Anblick, blinzelte – und die Realität schwappte über uns hinweg. Der Lärm der Autos und der Busse war plötzlich wieder da, Menschen hasteten an uns vorbei. Die Novemberkälte kroch zurück in meinen Kragen, den Nacken hinunter und die Ärmel hinauf. Jemand rempelte mich an und ging einfach weiter, ohne sich umzudrehen. Ich stand direkt auf dem Bürgersteig. Ich war, ohne es zu merken, nicht nur aus der Unterführung, sondern auch über den Zebrastreifen gegangen. Hatte mich Carmen geführt oder war ich einfach schlafgewandelt? Wie gefährlich war das alles gewesen?

„Was ist da unten passiert, Carmen?"

„Ich wusste nicht, dass du so große Angst hattest. Vor mir, vor allem. Ich glaube, das hat uns beide einfach umgehauen. Wir waren in deinem Kopf, Joshi. Ich habe das nicht gemacht."

So ganz konnte ich ihr das nicht glauben.

„Und dieser Sternenhimmel?"

„Das waren wir beide", lächelte Carmen.

„Also wirst du doch nicht mehr zu einem Stern? Das ist beruhigend, schätze ich."

„Ich dachte, du hältst das alles sowieso für Blödsinn?"

„Schon. Aber ich rede mit einem Mädchen, das seit drei Tagen tot ist."

Rotes Höschen

Die Lichter in unserer Schule wurden durch Bewegungsmelder gesteuert. Sie schalteten die Lichter ein, wenn sich irgendetwas in ihrem Bereich bewegte. Die Lichter brannten dann für ungefähr drei Minuten und erloschen wieder, wenn sich nicht wieder etwas bewegte. Sicher gab es irgendwo einen Hauptschalter, der die Lichter ganz an- oder ausschaltete. Aber der war klar außerhalb der Reichweite von Schülern.

Bestimmt war das eine tolle Art, Strom zu sparen – *nachhaltige Schule* und so. Aber es war ein Problem, wenn man wie ich alleine auf dem Flur saß. Draußen war noch Nacht, in der Schule war es still und alle drei Minuten wurde es wieder stockdunkel um mich herum. Das Nippen am Mitnehmkaffee, den ich mir am Bahnhof geholt hatte, reichte nicht aus, den Bewegungsmelder auszulösen. Also entweder ständig von der Bank aufstehen, vor dem Bewegungsmelder herumwedeln und mich wieder hinsetzen – oder in der Dunkelheit sitzen bleiben.

Carmen latschte ständig vor dem Teil auf und ab, aber das Lichtschrankenteil ignorierte sie klar komplett. Die ganze Zeit: Auf und ab.

„Du machst mich ganz nervös mit dem ständigen Hin und Her!"

„Du bist schon nervös, Joshi. Schieb's bitte nicht auf mich", erwiderte Carmen.

Noch drei weitere Runden marschierte sie vor mir auf und ab, dann schien sie es sich aber doch anders zu überlegen und setzte sich auf den Boden mit dem Rücken an die Türe zum Klassenzimmer. Gerade so außerhalb meines Blickfeldes, dass sie nur ein Schatten war und eine Stimme in meinem Augenwinkel.

„In eurem Elternbrief stand doch, dass heute jemand kommt, um sich um euch zu kümmern?", fragte sie. „Heute wirst du Abschied nehmen von mir – so ist das doch geplant, oder?"

Nach heute Morgen wäre mir das auch recht gewesen, zu sehr nachdenken darüber wollte ich aber trotzdem nicht. Darüber sprechen sowieso nicht, musste ich aber auch nicht, denn über uns entflammten plötzlich wieder die Halogenlampen, ohne dass ich mich bewegt hätte. Hinter mir hörte ich Schritte die Treppe hochkommen. Drei Leute aus meiner Klasse, aber niemand sagte etwas. Roger war dabei, sah mich, setzte sich neben mich.

„Hey"

„Hey?"

Mehr sagte kaum irgendwer während der nächsten Viertelstunde, in der nach und nach die restliche Klasse eintrudelte. Manchmal tuschelte jemand, aber inmitten des anschwellenden Schullärms bildete unsere Klasse eine Glocke betretenen Schweigens. Jeder steckte in seiner eigenen Gedankenblase fest. Markus stand vor der Türe und starrte mit glasigen Augen vor sich an die Wand. Er stand genau an der Stelle, wo Carmen vorhin noch gesessen war. Carmen war also weg, ich war wieder alleine, so wie alle anderen auch.

Wir wachten erst wieder aus unserer Trance auf, als zwei Erwachsene die Treppe hochkamen. Eine davon war Frau Manninger, die anscheinend zu unserer Ersatzklassenlehrerin gemacht worden war. Der Chef war wohl immer noch krank – oder machte krank. Ich hätte es an seiner Stelle gemacht. Zu Hause bleiben und warten, bis seine neunte Klasse wieder zur Normalität zurückkehrte.

Das andere war eine komplett fremde Frau. Keine Lehrerin von unserer Schule. Mit ihrem schrillen Äußeren wäre sie bestimmt aufgefallen: Ihre ganze Kleidung war dunkellila und schwarz, ihr Haar hatte grellgrüne und pinke Strähnen. In ihrer linken Augenbraue hatte sie zwei Ringe, genauso in ihrem rechten Ohrläppchen. Sie sah aus, als hätte sie ihre Punkphase vor dreißig Jahren nie ganz überwunden, sich aber auch nie ganz darauf eingelassen. Die beiden unterhielten sich leise, während sie auf unser Klassenzimmer zugingen. Leben kehrte in die ganze Klasse zurück, während wir ihnen mit den Augen folgten. Nach und nach begannen wir uns wieder zu regen und wir trotteten den beiden hinterher. Markus guckte ein bisschen widerwillig, als er die Türe zum Klassenzimmer freigeben musste, damit die Manninger sie aufschließen konnte. Als hätte er Angst vor dem, was sich hinter der Türe verbarg. So ging es sicher vielen von uns. Jedenfalls sah er so aus, wie ich mich fühlte. Und Angst hatte ich ganz sicher.

Natürlich war es bescheuert, jede Sekunde auszukosten und die Zeit so lange auszureizen vor etwas Unangenehmen, dem man nicht entrinnen konnte. Aber ich tat genau das, blieb sitzen, als Roger aufstand. Ich blieb sitzen, als Franziska an mir vorüberging, ohne mich anzuschauen. Nicht einmal ein Nicken in meine Richtung. Das war nichts Ungewöhnliches. Manchmal beachtete sie mich, reagierte auf meine Anwesenheit, manchmal eben nicht. Das hatte sich die letzten vier-und-ein-bisschen Schuljahre oft genug abgespielt. Heute fühlte es sich aber nicht normal an.

Ich blieb sitzen und sah zu, wie jeder Einzelne meiner Klasse mit einem eigenen „Guten Morgen" und einem Händeschütteln von der Fremden begrüßt wurde. Die meisten guckten entgeistert oder misstrauisch, aber die Fremde guckte weiter jedem Einzelnen aufs Neue direkt in die Augen und lächelte dabei, ohne zu viel Zähne zu zeigen. Inklusive mir, der am Ende eben auch aufstehen und an ihr vorbeimusste.

Das Klassenzimmer hatte sich seit gestern komplett verändert: Alle Tische waren an die Wand geschoben, die Stühle waren zu einem Vier-Fünftel-Kreis angeordnet an dessen offenem Ende ein einzelner Stuhl allen anderen gegenüber stand. Daneben auf einem Tisch ein aufgeklappter, leuchtender Laptop. Es war nicht der Computer aus unserem Klassenzimmer. Vor ihm auf dem Boden stand ein offener, schwarzer Koffer, aus dem alles mögliche an Kram heraus lugte: Blöcke, Farbstifte, zwei Holzkreuze, ein Seidentuch, zwei kleine Plüschtierchen, eine Engelsfigur. Die Tafel war sauberer gewischt als jemals zuvor. In der Mitte des Stuhlkreises stand eine rote Kerze, dicker als ein Oberarm und genauso lang.

Ein paar Leute waren noch ziemlich verwirrt und guckten ein bisschen belämmert um sich herum. Die meisten hatten aber schon begriffen und saßen im Stuhlkreis. Es war, glaube ich, so ziemlich das erste und einzige Mal, dass keiner so genau darauf achtete, neben wem er oder sie sich hinsetzte. Alle ließen sich einfach nach und nach auf den Stuhl fallen, der ihnen am nächsten war. Freundschaft, Beliebtheit, irgendwelche blöden Empfindlichkeiten waren einfach weg. Ich fand einen Platz zwischen Kiril und Alya. Komische Kombination.

Niemand redete. Viele starrten vor sich auf ihre Schuhe oder den Kram auf dem Boden an oder folgten Frau Manninger und der Fremden mit den Augen. Die beiden Frauen wechselten leise ein paar Worte, dann setzte sich die Manninger hinter den Lehrerpult, die fremde Dame umrundete den Stuhlkreis. Vier Stühle blieben leer: Hellen war nicht da, zwei waren krank. Der vierte stand schräg hinter der Fremden vor der Tafel. Noch bevor sie sich setzte, griff sie sich diesen Stuhl und zog ihn neben ihren eigenen. Dann blickte sie den Kreis entlang, lächelte und wartete, bis endlich alle saßen.

„Mein Name ist Mareike Sticher. Ich bin Lehrerin an der Realschule hier in Freiweiler, oben auf dem Hügel. Ein paar von euch kennen sie ja vielleicht. Den Grund, warum wir uns heute hier sehen, kennt ihr alle. Eure Klasse hat jemanden verloren und wir werden heute darüber sprechen.“

„Wieso muss jemand von einer andren Schule kommen, wo Carmen gar nicht kennt?", tuschelte es links von mir. Es war nicht für alle gedacht gewesen, aber es war gerade dann gesagt worden, als diese Frau Sticher eine Sprechpause gemacht hatte. Alle Augen drehten sich in die Richtung, aus der das Flüstern gekommen war. Auch die von der Manninger, die ziemlich grimmig dreinblickte.

Diese Frau Sticher dagegen lächelte bloß und nickte Melanie zu, die ertappt und peinlich berührt ihre Schnürsenkel anstarrte.

„Die Frage ist ja eine ganz berechtigte! Immerhin kennt ihr mich nicht und ich euch auch nicht. Ich habe auch Carmen nicht gekannt. Manchmal ist das gar nicht so gut, wenn man über Dinge spricht, von denen man keine Ahnung hat. Heute aber ist das vielleicht gar nicht so schlecht. Denn so habe ich ganz frische Ohren für alles, was ihr mir heute erzählen möchtet."

Man hörte der Frau richtig an, dass sie Reli-Lehrerin oder so was war und wahrscheinlich auch die Vertrauenslehrerin an ihrer Schule. Sie redete ganz langsam und sprach jede Silbe überdeutlich aus. Dabei hatte sie diesen unpersönlichen, butterweichen, lieben Ton drauf, den Lehrer immer benutzen, wenn sie einem Sachen erzählen, von denen sie glauben, man sei zu beschränkt, um sie zu begreifen. Wenn Erwachsene immer extrem darauf aufpassen müssen, dass sie nicht in einen Kleinkinderton abrutschen. Sie versuchen, besonders nett zu sein, zugänglich und dabei ist es eigentlich nur eine Frechheit.

„Niemand muss heute etwas sagen, aber alle dürfen und ihr dürft entscheiden, über was es sein wird. Eure Klassenkameradin Carmen hat uns zusammengebracht, aber wir müssen nicht bei ihr stehen bleiben. Wenn euch das Sprechen am Anfang schwerfällt, habe ich Dinge dabei, die euch helfen können."

Und so weiter und so fort. Diese Art zu sprechen ging mir verdammt auf die Nerven. Egal, was sie sagte, es klang, als nähme sie uns nicht ernst.

Am Anfang redete nur Frau Sticher weiter, wie sie sich die nächsten Stunden vorgestellt hatte. Was sie schon über Carmen erfahren hatte und was gestern alles passiert war. Ein paar fingen an zu weinen und klammerten sich an einer der vielen Taschentücherboxen fest, die zwischen den Stühlen lagen. Andere griffen sich etwas vom Koffer – Frau Sticher hatte es uns angeboten. Alya neben mir hatte sich einen kleinen Plüschanhänger geholt. Es war eine flauschige, graublaue Robbe. Sie sah wirklich süß aus. Die Robbe! Alya auch, irgendwie. Mit einer Hand hielt sie den Schlüsselring fest, mit der anderen Hand streichelte sie sanft das Plüsch.

Als sie mit ihrem Monolog fertig war, zündete Frau Sticher die Kerze in der Mitte unseres Kreises an. Dann schaute sie in die Runde und fragte, wer sich traue, zu erzählen, was passiert sei. Alle guckten zu Franziska, zu deren Job als Klassensprecherin wohl auch das irgendwie dazugehörte. Aber sie zischte nur ein genervtes „Was willst du eigentlich" ihrer Nachbarin zu und starrte auf das Holzkreuz in ihrer Hand.

Ich hätte etwas sagen können, aber ich war schlecht im Reden und vor der Klasse ohnehin.

Aber Frau Sticher lächelte einfach weiter von Augenpaar zu Augenpaar und wartete eine halbe Minute, dann eine ganze und noch ein paar Sekunden mehr, während denen wir ratlos dreinblickten, uns einzelne

Wörter zuflüsterten und Angst hatten, etwas Blödes zu machen. Dann atmete jemand lauter als alle anderen ein, versuchte, etwas zu sagen, bekam es nicht durch den trockenen Hals und räusperte sich. Es war Markus, der mit feuchten Augen und brüchiger Stimme von gestern erzählte, von Hellen, von allem, was wir über Sonntag wussten.

Kaum war er fertig, brach aus Lisa zwei Plätze rechts von mir heraus: „Ich wollte doch heute die Planung für die Adventsfeier mit Carmen machen!"

Alle starrten sie an. Aber Lisa redete einfach weiter. Carmen, Lisa und ein paar andere hatten die Idee gehabt, nach dem zweiten Advent eine Zehn-Minuten-Andacht oder etwas in der Art für die Unterstufenschüler zu machen. Das Okay von der Schulleitung hatten sie schon eingeholt gehabt.

„Carmen hat ja Klarinette gespielt und ich spiele Gitarre. Für Weihnachtslieder hätte es schon gereicht", schloss Lisa ihre kurze Erzählung, guckte zu Frau Sticher und fügte dann doch noch hinzu: „Das fällt jetzt wohl ins Wasser" Lisa sah wirklich deprimiert aus. Nicht nur wegen Carmen, sondern einfach auch, weil etwas Tolles nicht geklappt hatte, dass sie sich vorgenommen hatten.

Irgendwas musste Lisas ehrlicher Ausreißer bei den anderen geöffnet haben. Nach und nach begann meine Klasse zu erzählen und Frau Sticher hörte jedem aufmerksam zu, nickte und lächelte viel, stellte wenige Fragen und schien vor allem damit zufrieden zu sein, dass wir sprachen. Über Carmen … über die Tote.

Thorsten erzählte davon, dass er und Carmen am Donnerstag erst Hausaufgaben zum Abschreiben getauscht hatten: Englisch gegen Geschichte. „Sonst hätte sie bestimmt wegen Englisch bestimmt nachsitzen müssen."

Sogar Roger schaltete sich ein, ohne es erst zu merken. „Carmen schuldet mir noch siebzig Cent", hatte er gemurmelt und fügte hinzu, als ihn alle anguckten: „Carmen hat sich letzte Woche was geliehen, um sich Erdnüsse beim Pausenverkauf zu holen. Sie hat mir ein paar abgegeben, aber das Geld hat sie mir noch nicht zurückgegeben."

So erzählten wir kleine, dumme Alltagsgeschichten, die normalerweise total uninteressant gewesen wären. Wenn es Geschichten über eine lebendige Fünfzehnjährige gewesen wären. Aber das waren sie klar nicht.

Immer wieder fing jemand zu weinen an und die Taschentuchboxen gingen herum. Wir durften rausgehen, wenn wir wollten, aber: „Niemand wird heute verurteilt für etwas Normales wie zu weinen, weil jemand von uns gegangen ist und ich ermuntere jeden, stattdessen hier zu bleiben und uns zu erzählen, wieso er weint", hatte Frau Sticher mit ihrer Reli-Lehrerinnen-Stimme gesagt. Alle hatten es sich zu Herzen genommen und waren geblieben.

Bei den Geschichten sprangen wir von Thema zu Thema. Zuerst irgendwas aus den letzten Wochen, dann kamen die ersten älteren Erinnerungen, vom Sommer, vom letzten Schuljahr, von der Unterstufe.

Gerade hatte Miriam die Geschichte fertig erzählt, wie Frau Bachmann während der Klassenfahrt nach Südtirol dreimal in einer Nacht an ihre und Carmens Zimmertüre hatte klopfen müssen, weil sie die Nacht über so viel Blödsinn angestellt hatten. Manche lachten sogar, als sie die Geschichte erzählte.

Ich konnte mich auch noch dunkel an die Fahrt erinnern. Wir waren unheimlich viel gewandet und ich hatte mich einen ganzen Abend lang mit Roger zerstritten. Das war so schlimm gewesen, dass Markus uns angeboten hatte, mit einem von uns das Zimmer zu tauschen, obwohl er keinen von uns ausstehen konnte. Markus war jemand, der so drauf war. Der immer wollte, dass Friede herrschte. Markus und Carmen hatten sich ziemlich gut verstanden. Was dachte er jetzt …

Irgendwann war ich dran. Es war natürlich nicht so, dass es der Reihe nach ging oder so. Aber ich hatte den anderen tatsächlich gerne zugehört, an die Geschichten gedacht, die ich miterlebt hatte und über das nachgedacht, was ich noch nicht gewusst hatte. Am Anfang hatte ich gedacht, dass es niemand irgendwie schaffen würde, mich dazu zu zwingen, mitzumachen. Aber so lief es klar sowieso nicht und irgendwann wollte ich tatsächlich selber auch was sagen. Etwas erzählen von dem, was mir gestern eingefallen war. Wovon hier wahrscheinlich keiner eine Ahnung hatte. Also schluckte ich, leckte mir über die Lippen und erzählte.

Carmens Übernachtung bei mir. Unsere Verkleidungen. Meine Schwester. Ich konnte dabei keinem in die Augen gucken, das Reden fühlte sich alleine schon zu heftig an. Als würde ich mich ausziehen vor der Klasse.

Aber trotzdem war es gut. Es fühlte sich irgendwie gemütlich an, es half zu teilen, um sich gemeinsam besser zu fühlen und einander zu helfen mit dem Schmerz ,der uns hier verband.

„Carmen hat damals angefangen, mich Joshi zu nennen", sagte ich am Ende meiner Erzählung und starrte dabei meine Finger zwischen meinen Knien an, damit ich niemandem ins Gesicht sehen musste, wie sie mich ansahen. Mit Interesse oder sogar mit Sorge oder wie man jemanden anguckt, der solche peinliche Geschichten erzählt.

„Ich mag das eigentlich gar nicht, wenn man mich so nennt. Alle wissen, dass mir das ziemlich auf den Geist geht. Aber bei Carmen fand ich das schon gut – irgendwie. Süß, halt, keine Ahnung. Aber das ging nur eine Woche oder so und danach hat sie mich nie mehr so genannt."

„Weißt du, wieso das so war?", fragte eine Frauenstimme irgendwo vor mir. Frau Sticher. Ich guckte nicht hoch. Ich war damit beschäftigt, die Lider zusammen gepresst zu halten, die Finger festzuhalten. So sehr die Tränen auch aus meinen Augenwinkeln rauswollten. Ich war zu sehr damit beschäftigt, mir nichts anmerken zu lassen, um zu sehen, was im Stuhlkreis passierte. Jemand tuschelte, es gab ein halblautes „SCHT!", aber jemand sagte trotzdem etwas. Ein Junge und seine Stimme klang nicht nach Mitgefühl oder nach einer neuen Geschichte, die ich ignorieren konnte, um weiter still vor mich hin zu heulen. Die Stimme klang sauer, fast schon zornig. Es war Markus und er stellte zwar eine Frage, aber es war ganz klar gar keine. Es war ein Vorwurf, der an mich gerichtet war.

Erinnerst du dich nicht mehr daran oder tust du nur so? Oder willst du dich nicht mehr daran erinnern?"

WAS? Ich blickte auf. Markus starrte mir direkt ins Gesicht. Seine Oberlippe zitterte, aber nicht, weil er Tränen zurückhalten musste. Er sah aus, als müsse er sich zurückhalten, mir nicht ins Gesicht zu brüllen.

„Sie hat dir damals auf dem Schulhof die Fresse poliert. Daran erinnere ich mich jedenfalls noch. Sie hat so auf dich eingeschlagen, dass ein Lehrer sie von dir runter ziehen musste, weil sie von deiner Scheiße die Schnauze voll hatte."

Markus' Worte kratzten kräftig an der Kruste, die über meine Erinnerungen gewachsen war, bis sie zu bröckeln begann. Dann hörte ich eineinhalb geflüsterte Wörter irgendwo rechts von mir: „rotes Hös-", bevor sich derjenige selber das Wort abschnitt.

Markus nickte, ließ mich dabei aber nicht aus den Augen. In der Klasse herrschte betretenes Schweigen, während wir zu verstehen begannen. Während ich mich langsam erinnerte an das, was Markus meinte. Das war ihm aber nicht genug.

„Ich habe nicht vergessen, was in der Fünften passiert ist. Als irgendein Mädchen die Türe zur Umkleidekabine aufgerissen und Carmen rausgeschubst hat, direkt uns Jungs vor die Füße", erzählte Markus mehr für Frau Sticher als für uns, die wir die Geschichte klar kannten. Wir hatten sie alle miterlebt und einige hatten eine Rolle darin, ob sie es wahrhaben wollten, oder – wie ich – mit viel Anstrengung vergessen hatten.

„Das klingt nicht nach einer schönen Erinnerung", murmelte diese Frau Sticher, machte aber keine Anstalten, Markus aufzuhalten. Es war unsere Abschiedszeremonie und sie ließ uns reden. Klar traute sich auch niemand anderes, einzugreifen.

Markus schüttelte den Kopf.

„Sie war gerade dabei, sich umzuziehen. Wir hatten ja Sportunterricht. Alle haben sie gesehen und dass sie halt ... was Rotes anhatte, halt, untendrunter. Die halbe Klasse hat sich über sie lustig gemacht deswegen, eine Woche lang oder noch länger. Und Joshua war einer, der nicht nur Carmen die ganze Zeit verarscht hat, sondern auch noch Leute aus den anderen Klassen dazu geholt hat", erklärte Markus und nickte dabei immer wieder in meine Richtung. „Du fandest es lustiger als sonst irgendwer und hast es mehr übertrieben als sonst wer. Bis sie dir die Schnauze poliert hat, weil du einfach nicht aufhören konntest, ihr die ganze

Zeit das gleiche hinterherzurufen. Immer: *Carmens rotes Höschen.* Irgendwann hast du sie schon nicht mehr bei ihrem richtigen Namen genannt, sondern nur noch *Rotes Höschen* und hast alle möglichen bescheuerten Ausreden gefunden, dich über sie lustig zu machen."

Markus hatte recht, ziemlich genau so war es abgelaufen. Ich war ein ziemlicher Arsch gewesen.

„Das war in der fünften Klasse!", versuchte ich mich halblaut und halbherzig zu verteidigen, aber ich konnte Markus kaum ins Gesicht sehen. Ich glaubte es mir selber schon nicht. Wie hätten es mir dann die anderen abkaufen sollen? Die, die mitgemacht hatten und jetzt schön unauffällig taten genauso wie die, die sich nichts zuschulden hatten kommen lassen.

„Seitdem hat sich aber bei dir nicht viel geändert – nur Carmen hat sich nichts mehr von dir gefallen lassen und ist dir genauso gekommen, wenn du blöd gemacht hast. Du hast dich ihr gegenüber nicht so viel geändert, wie du denkst."

„Woher willst du das eigentlich wissen?", fragte ich schon komplett im Verteidigungsmodus und das würden die anderen auch sehr deutlich merken. Wieso mussten wir uns jetzt über solchen Blödsinn streiten? Wir waren hier doch für eine Abschiedszeremonie oder so was?

„Weil wir", hob Markus an, stockte, schwieg kurz und verlor den Schwung seines Zornes. „Weil wir miteinander geredet haben über solche Sachen. Carmen und ich."

Dann öffnete Markus nochmal den Mund, als wolle er etwas sagen, ließ es dann aber bleiben und sackte auf seinem Stuhl zusammen.

Mir war zum Heulen und er sah ganz ähnlich aus. Nur, dass wir aus zwei ganz unterschiedlichen Gründen heulen wollten.

„Auch nicht-schöne Erinnerungen gehören dazu, wenn man Menschen gedenkt, die uns verlassen haben", sagte Frau Sticher. „Ob es schlechte Erinnerungen an diesen Menschen sind oder schlechte Erinnerungen, die uns erst wieder durch diesen Menschen wieder einfallen. Ich möchte niemanden mit seinen dunklen Gedanken alleine lassen. Ihr könnt gerne auch heute noch alleine zu mir kommen und darüber sprechen, ohne dass wir das in der großen Runde sitzen."

Wir taten es nicht, hatten keinen Bedarf, uns auszusprechen, nicht miteinander und nicht mit der Seelsorgetante mit ihrer schmierigen Religionslehrerstimme. Klar, sie hatte mit solchen Situationen viel mehr Erfahrung. Klar verstand sie uns ganz gut, vielleicht verstand sie unsere verwirrenden Gefühle sogar noch besser als wir selber.

Die Klasse machte noch zwei Stunden weiter. Wir erzählten einander Geschichten. Jemand kam auf die Idee, Bilder zeigen zu wollen. Die Manninger guckte erst komisch, als die ersten ihre Handys auspackten, aber die Sticher hatte nichts dagegen, nahm eines nach dem anderen die Geräte, schloss sie an den Laptop hinter sich an und wir guckten uns die Fotos an. Selfies mit Carmen, Gruppenfotos. Bilder, die man außerhalb der Schulzeit gemacht hatte und an denen neue Geschichten hingen.

Wir haben uns in der Stadt gelangweilt und wussten nicht, was wir tun sollten. Also haben wir zusammengelegt und uns ein Plüscheinhorn geholt. Das haben wir dann zu ihr nach Hause genommen und ein bisschen verziert.

Das Ergebnis war auf dem Laptopbildschirm zu sehen. Das Kuscheltier hatte wahrscheinlich einmal süß ausgesehen. Dann waren seine Beine schwarz angemalt worden. Auf die Hufe waren ihm bunte künstliche Fingernägel aufgeklebt worden. Anstatt einer Mähne hatte das arme Tier einen Flokati-Irokesen. Die Augen und das Grinsen waren ihm zugenäht worden. *Ein Zombiehorn.* Das alles sah zwar furchtbar aus, aber auf eine gute Art. Carmen musste ziemlich was draufgehabt haben, wenn es ums Nähen und solche Sachen gegangen war.

Ich sagte nichts mehr. Es gongte, aber wir ignorierten es.

Als endlich die letzte Geschichte erzählt worden war, holte Frau Sticher einen Stoß Briefumschläge und eine Menge Papier, die sie durch den Sitzkreis gehen ließ.

Das sollte unser Brief an Carmen sein. Jetzt, das wir alle gesagt hatten, was wir vor anderen zu erzählen bereit waren, sollten wir Gelegenheit bekommen für all die Dinge, die wir für uns haben wollten. Die Dinge, die wir Carmen am liebsten noch gesagt hätten, wenn wir gewusst hätten, was passieren würde. Manche schrieben nur ein paar Zeilen, manche, wie Franziska, schrieben einen richtigen Brief. Sie hatte den ganzen Vormittag über nichts gesagt. Aber anscheinend gab es genug Dinge, die ihr auf dem Herz lagen.

Alya neben mir hatte sich eine Handvoll Farbstifte gegriffen und zeichnete eine halbe Stunde lang irgendwas Knallbuntes. Ich schielte ein paarmal zu ihr hinüber. Was sie da auch fabrizierte, es sah schön aus. Eine Menge Schriftzeichen, die ich nicht lesen konnte. Wahrscheinlich in einer Sprache, von der ich keine Ahnung hatte. Ich hätte sie gerne gefragt, was das bedeutete, aber klar ging es mich nichts an.

Das Briefeschreiben war das Ende der Zeremonie. Uns wurde freigestellt, ob wir heimgehen oder für Zweiergespräche mit der Seelsorgerin bleiben wollten. Während die ersten schon ihre Sachen packten und sich aus dem Klassenzimmer schlichen, starrte ich weiter auf mein leeres Blatt. Was sollte ich ihr schreiben, was ich ihr nicht gestern und heute schon gesagt hatte? Was ich ihr nicht nachher sagen konnte, wenn

sie wieder zu mir kam. Sie würde doch wieder zurückkommen? Was, wenn nicht? Was, wenn sie wegbleiben
würde, jetzt, dass der Abschied quasi erledigt war?
Wenn sie wirklich jetzt weg war, ohne Abschied, wie
sie aufgetaucht war? Wenn sie ein Stern geworden war
oder einfach nichts oder – ein Engel? Wenn es so was
Kindisches, Blödes wirklich gab, wie *Engel*.

Mein Gehirn begann langsam, sich um dieses
eine Wort zu drehen. Klar glaubte ich nicht an solche
Sachen. Wahrscheinlich glaubten sogar die Leute, die
eine Religion hatten, nicht an Engel. Aber mir fielen
die Zeilen aus einem Gedicht in einem Buch ein, das irgendwo zu Hause unter meinem Bett lag. Als der Satz
auf dem Papier stand, ein bisschen unsicher geschrieben, immerhin war es Französisch, schrieb ich noch einen Satz darunter. Das war nicht alles, was ich hätte
schreiben können. Aber alles, woran ich mich zu denken traute. Was keinen Ärger geben würde, wenn es jemand zufällig lesen würde.

Als ich endlich aufstand, war die halbe Klasse
schon weg. Franziska saß immer noch da und schrieb.
Markus saß alleine etwas abseits des Stuhlkreises an ei-

nem Tisch und las sich immer wieder seinen Brief durch. Es war ziemlich viel Text. Seine Miene war hart,kalt und scharfkantig, sein Gesicht blass. Er sah mitgenommener aus als die meisten von uns. Er hätte nur noch fertiger sein können, wenn er wie Hellen gestern umgefallen wäre. Keine Ahnung, wieso ich damals noch nicht begriffen hatte, wieso es Markus so dreckig ging.

Frau Sticher wartete wieder am Eingang des Klassenzimmers und schüttelte die Hand von jedem Einzelnen beim Rausgehen. Aber meine Hand ließ sie nicht wieder sofort los. Sie guckte freundlich, aber ernst. Die Umklammerung ihrer rechten Hand fühlte sich warm und kraftvoll an. Der Händedruck fühlte sich danach an, als wäre sie der erste Mensch, der Ahnung hatte, was er tat in dieser ganzen Sache.

„Joshua heißt du?"

Ich nickte.

„Hättest du dir gewünscht, dass ich euren Streit unterbreche? Oder dass ich irgendwie einschreite?"

Ich dachte kurz nach. Eine schwierige Frage. Ich hatte keine Ahnung, was sie wohl würde hören wollen, also beschloss ich, ehrlich zu sein.

„Es ist wahrscheinlich besser so. Er hat mir ja keine reingehauen. Ich habe das alles nicht richtig vergessen, ehrlich nicht. Es erschien mir über die Jahre einfach nicht mehr wichtig und ich hatte es irgendwann nicht mehr im Kopf. Ich hab einfach irgendwie die Erinnerung daran nicht mehr zusammenbekommen. Auch wenn es -", ich zögerte. *Aber was soll's*, dachte ich. Ich würde diese Frau sicher nicht mehr wieder sehen. „Es fühlt sich schon scheiße an, so was einsehen zu müssen. Dass man so richtig was bei einem anderen versaut hat. Ich weiß auch nicht, was ich mit diesem Wissen anstellen soll."

„Man wird nicht gerne an Dinge erinnert, die man lieber unausgesprochen gelassen hätte."

Ich nickte wieder.

„Wenn es irgendwas gibt, denk daran, ihr habt die wichtigsten Kontaktdaten auf den Briefkuverts.

Stimmt. Auf den Umschlägen standen die Telefonnummer der Jugendseelsorge, die E-Mail von

Frau Sticher und die Adresse von irgendeinem Notfall-chat für Jugendliche. Ob ich diesen Leuten von Carmen erzählen konnte? Was würden die denken? Oder dieser Frau Sticher, wenn ich doch noch länger blieb?

Ich traute mich nicht, irgendwas zu sagen und ging. Fast glaubte ich, fühlen zu können, wie sie hinter mir herblickte. Sie machte sich wohl Sorgen. Sie wusste wohl, dass sie einen guten Grund dafür hatte, nur nicht, welchen. Ich drehte mich trotzdem nicht um. Ich wartete nur darauf, dass Carmen jeden Augenblick wiederkam.

Sie kam nicht.

Wahrheit, an die man sich nicht einmal zu denken traut

Anstatt Carmen erwartete mich Daniela zu Hause. Ich hatte mich noch gewundert, wieso die Türe nicht abgeschlossen war, streifte meine Schuhe ab, da tauchte meine Schwester schon im Flur auf, sagte nur kurz meinen Namen zur Begrüßung und schloss mich in ihre Arme. Keine Chance, sich gegen ihre Umklammerung zu wehren.

„Mama hat gestern Nacht noch angerufen, dass jemand da sein soll, wenn du heimkommst", flüsterte sie und presste meine Wange an ihre Schläfe. Sich mit fünfzehn Jahren von seiner älteren Schwester so umarmen zu lassen – ich fand das komisch, aber Daniela verstand besser als ich, dass ich das jetzt brauchte. Sie behielt mich auch in ihren Armen, als bei mir alle Schleusen aufgingen und ich zu heulen anfing wie die ganzen Tage noch nicht. Daniela flüsterte Worte durch unsere Umarmung hindurch, die zum ersten Mal wirklich ehrlich gemeint klangen: „Es tut mir so leid, was passiert ist, Joshi."

Wir tranken zusammen Kaffee. Verbotenerweise, Mama sagte immer: „Nicht, bevor du siebzehn bist." Aber Daniela ignorierte das Verbot wohlwissend und lautstark.

„Wenn Mama nicht will", rief sie über das Rauschen und Gurgeln der Kaffeemaschine, „dann darf sie nicht mich auf dich aufpassen lassen." Sie grinste dabei so breit und fies, dass ich nicht anders konnte, als durch mein mit Salz verkrustetes Gesicht heraus zu lachen.

So wie mit Carmen diesen Morgen saß ich jetzt mit meiner Schwester in der Küche und redete.

„Das war das Mädchen, das hier mal übernachtet hat?"

„Du erinnerst dich noch daran?", fragte ich erstaunt.

„Ich erinnere mich daran, dass ich frei hatte und mir das Mädchen ganz niedlich vorkam. Sie war weniger schüchtern als du, dabei bist du hier zu Hause. Und daran, dass du mir die nächsten drei Tage oder so in den Ohren gehangen bist, wie toll deine Carmen ist. Das war ganz lieb anzusehen, aber du hast dann ganz plötzlich aufgehört, von ihr zu reden. Das fand ich komisch", sagte sie und fügte hinzu, weil sie wohl meinen Gesichtsausdruck sah: „Was? Du guckst plötzlich wieder ganz düster?"

Ich erzählte, aber nur ein kleines bisschen. Davon, dass Markus wütend auf jemanden geworden war, aber nicht, um was es wirklich gegangen war. Ich erzählte ein paar von den Geschichten, die in der Klasse heute ausgetauscht worden waren, aber nichts von meinen Geschichten. Nichts über mich. Ich wollte nicht, dass sie verstand, was mit mir vor sich ging. „Ich habe einfach ziemlich schlecht geschlafen", behauptete ich. Das würde in ihren Augen hoffentlich schon alles erklären.

„Ich habe keine Ahnung, ob das was bedeutet oder nicht. Albträume zu haben ist in dieser Situation wohl normal, schätze ich."

Ich zuckte mit den Schultern. „Geht wohl nicht anders. Schön war es nicht."

„Vielleicht beschäftigt dich einfach immer noch irgendwas, von dem du gar nicht genau weißt, was es ist. Manchmal muss man Gedanken erst wachsen lassen und erkennt am Anfang gar nicht, was sie eigentlich sind."

Den restlichen Tag verbrachten wir vor dem Fernseher, zockten und kochten gemeinsam für unsere Eltern das Abendessen. Die fragten nichts mehr über den Tag und ich erzählte ihnen nur das Wesentliche: Notfallseelsorgerin, vier Stunden Gelaber, Sitzkreis. Mama und Papa waren sich anscheinend sicher, dass Daniela die Situation mit mir unter Kontrolle hatte – und so war es eigentlich auch gewesen. Ganz sicher hatte Daniela Papa die Kurzfassung von heute Nachmittag schon geliefert, als ich gerade auf dem Klo oder so gewesen war. Wir sprachen also kaum über mich und die meiste Zeit musste Daniela erzählen: von ihrer Arbeit im Hotel, von der WG ...

„Gestern hatten wir noch eine Hochzeit bei uns. Geschlossene Gesellschaft, natürlich ... Jan zieht bald aus der WG aus und nach Lörrach zu seiner Freundin ... Die Bremsen am 500er tun irgendwie komisch, ich muss die bestimmt bald tauschen ... Wann fahrt ihr an Weihnachten zu Onkel Urs? Vielleicht schaffe ich es diesmal, mitzukommen …"

Eigentlich war Daniela schon vorletztes Wochenende da gewesen und das meiste, was jetzt Thema war, war damals auch schon besprochen worden. Aber sie redete tapfer weiter und lud jede mögliche Frage ein, die unseren Eltern einfiel, um deren Aufmerksamkeit auf sich zu lenken. Damit ich so lange alleine bleiben konnte mit meinen Gedanken, wie ich wollte.

Mama guckte mir besorgt hinterher, als ich mir die Schuhe anzog und aus dem Haus ging. Es war schon dunkel geworden. Ich vagabundierte mehr durch die Nachbarschaft, als dass ich wirklich spazieren ging. Ich wollte einfach nur raus, wo es kalt, dunkel, leise und leer war. Denken. Ein kleines bisschen Spannung war in meinem Hinterkopf geblieben, eine winzige Erwartung, jeden Moment eine Stimme neben meinem Ohr zu hören. Von einem Mädchen, deren Worte keine Atemwölkchen verursachten. Aber wirklich glaubte ich nicht mehr daran.

Also blieb mir nichts anderes übrig, als alleine weiterzudenken. Was Markus heute gesagt hatte, war die Wahrheit gewesen. Halb hatte ich die Geschichte schon wieder vergessen. Halb hatte ich den Erinnerungsfetzen nicht erlaubt, wieder aufzutauchen und mit sich die Dinge hochzuholen, die ich dann auf keinen Fall wieder würde unterdrücken können. Geheimnisse, die weitaus mehr Probleme bereiten konnten, als nur ein bisschen Geheule vor der Klasse.

Im Gegensatz zum Tag vorher hatte ich an diesem Abend keine Lust auf irgendwas unter der Dusche. Aber natürlich kamen genau dann die Vorstellungen und Ideen ganz von alleine und ohne, dass ich viel dagegen tun konnte.

Auch, wenn es echt schwierig war: Ich machte nichts, außer mich zu ärgern, dass mir Carmen nicht einmal unter der Dusche aus dem Kopf ging. Aber vor allem kam ich mir ziemlich mies vor, denn natürlich hatte ich *bestimmte* Bilder im Kopf. Wenn es so war, ich sie ausgerechnet *so* in Erinnerung behalten sollte – dann konnte ich echt nichts mehr machen dagegen, wie kaputt ich war.

Ich duschte bei halb geöffnetem Vorhang, damit mich Carmen nicht wieder wie am Abend zuvor überraschen konnte – aber es war unnötig. Keine Überraschungen vor der Dusche, keine verräterischen Trugbilder im Badezimmerspiegel, keine verborgenen Geschichten, niemand, der mir in den Bademantel starrte.

Mama, Papa und Daniela saßen unten in der Küche und tranken Wein, während ich über den Flur ging. Normalerweise wäre ich um diese Uhrzeit noch unten gesessen oder hätte gezockt oder so was. Heute nicht. Wieder nicht. Hauptsache, unbemerkt und ohne angesprochen zu werden in mein Zimmer kommen und das Licht ausschalten.

Vor meiner Zimmertüre blieb ich stehen. Ein feuchter Luftzug, eiskalt wie der Tod, drang unter dem Türspalt hindurch und strich mir um die Knöchel wie eine Katze. Wie die noch nasse Wasserleiche eines Kätzchens.

Ich traute mich zuerst nicht, die Türklinke anzufassen. Wenn ich meine Hand nur ein paar Zentimeter über sie hielt, spürte ich schon die Kälte, die sie abstrahlte. Carmen wartete in meinem Zimmer auf mich, das fühlte ich ganz deutlich. Sie wartete. Sie lauerte? Jedenfalls gab es nichts Gutes hinter dieser Türe. Für eine Sekunde oder so dachte ich daran, mich einfach umzudrehen, die Treppe hinunterzugehen, mich an den Tisch zu setzen und Mama und Papa und Dani von Carmen zu erzählen. Nicht von der toten Carmen, sondern von der, die mit mir sprach, die mir Angst machte. Aber ich ließ es. Das war seltsam, das war peinlich und es würde ganz bestimmt hässlich werden,über die eigenen, komischen Gefühle zu sprechen. Gedanken, die man sonst wirklich niemandem verraten würde. So was meiner Familie zu erzählen wäre einfach zu viel gewesen. Davor hatte ich noch mehr Angst als vor Carmen. Noch zumindest.

Also musste ich rein.

Die Klinke war so kalt, dass sofort meine Fingerknöchel steif wurden.

In meinem Zimmer war es dunkel, die Rollläden waren runtergelassen, alle Lampen waren aus. Das einzige Licht war das bläuliche Leuchten des Laptopbildschirms auf meinem Schreibtisch. Carmen saß vor dem Computer, den Rücken mir zugewandt. Das Zimmer war von einer Eiseskälte erfüllt, als hätte jemand den ganzen Abend über das Fenster offen gelassen. Aber es roch nicht nach dem Schnee, der draußen fiel, seit die Sonne untergegangen war. Es roch nach Moder, nach der abgestandenen Luftfeuchtigkeit in einem kalt gewordenen Badezimmer, nach Keller, nach *Graberde*, dachte ich.

Hinter mir fiel die Türe ins Schloss. Ich hatte sie nicht berührt, niemand sonst war auf dieser Etage – außer Carmen. Sie drehte sich nicht um.

„Was machst du?", fragte ich, während ich mit den Fingern die Wand entlang strich auf der Suche nach dem Lichtschalter. Ich fand ihn, drückte ihn runter – und nichts geschah.

Ich war also alleine in der Dunkelheit mit ihr und die Türe würde sich nicht öffnen lassen, wenn ich es jetzt versuchte, das war mir klar. Sie würde mich nicht mehr gehen lassen.

„Geht es dir gut?", fragte ich. Eigentlich wollte ich wissen, ob es mir noch gut gehen würde, wenn ich hier rauskam, aber so direkt konnte ich klar nicht fragen. Egal, wie sehr ich es mit der Angst bekam. Alles hier atmete Gefahr. Keine Ahnung, was Carmen tun konnte.

„Dir geht's gut, Joshua", murmelte sie, ohne sich umzudrehen. „Zu gut geht es dir anscheinend, Joshua!" Die Schärfe in ihrer Stimme war unüberhörbar. *Joshua?* Wieso nannte sie mich jetzt plötzlich so?

Ich versuchte, über ihre Schulter auf den Bildschirm zu sehen, um zu erkennen, was sie sich da eigentlich anschaute. Ich machte einen Schritt nach vorne, dann zur Seite, guckte – *Scheiße!* Mein Herz blieb stehen, als hätte mir jemand direkt draufgeschlagen. Meine Schultern wurden eiskalt und lasch, die Magengrube krampfte sich zu einem Eisblock zusammen, während meine Brust in Flammen aufging.

Carmen hatte die Ansicht des Ordners so eingestellt, dass auf dem Bildschirm Miniaturversionen der Bilddateien erschienen, ohne dass man darauf klicken musste. Ich erkannte diese Minibilder. Ich erkannte auch das Bild, das sie links davon groß geöffnet hatte. Die Aula des Gymnasiums war darauf zusehen. Die Tische und Stühle waren an die Wand gestellt. Es gab nur wenig Licht, alles lag irgendwie halbdunkel in farbigen Schatten. In der Mitte des Bildes war Carmen. Sie schaute nicht in die Kamera. Das Foto war auf der Herbstfeier der Schule Ende September entstanden. Ich hatte Carmen heimlich fotografiert. Ihr Gesicht war ziemlich verschwommen, weil ich so stark auf sie hatte ranzoomen müssen, um es auch wirklich gut sehen zu können. Ich hatte ja schlecht zu ihr hin und ihr direkt ins Gesicht fotografieren können. Trotzdem waren ihre grün leuchtenden Augen, ihr süßes, spitzes Lächeln auf dem Bild zu erkennen. Man erkannte die Kapuze ihres dünnen lila Pullis und die silbernen Haarklammern. Was sie in diesem Augenblick wohl gesehen hatte? Ich hatte nicht darauf geachtet, nur sie war wichtig gewesen.

Das war ein Foto, das *ich* heimlich gemacht hatte. Aber wenn sie jetzt im Ordner weiterklicken würde …

„Carmen! Lass doch den Computer und -"

„Lass mich!", zischte sie und bewegte die Maus, um auf den Pfeil nach rechts zu drücken. Sie durfte auf keinen Fall sehen, was als Nächstes kam! Ich machte einen weiteren Schritt auf sie zu, dass ich genau hinter ihr stand und streckte die Hand aus, um ihren Nacken zu berühren, ihre Aufmerksamkeit zu bekommen. Aber noch bevor ich ihrer Haut nahekam, durchfuhr mich ein scharfer Schmerz. Die Kälte, die Carmen ausstrahlte, traf mich wie eine Faust aus Nadeln.

„Fass mich auf keinen Fall an", murmelte Carmen. Sie wusste ganz genau, was hinter ihr geschah. Sie wusste ganz genau, was ich wollte. Sie wusste, woran ich dachte.

„Hast du sie dir angesehen?", fragte ich.

Carmen nickte.

„Alle?"

Sie nickte wieder. „Noch bevor du reingekommen bist."

Verdammt!

„Wie kommst du überhaupt in den Ordner rein? Ich habe ihn extra mit einem Passwort geschützt, nur Zahlen und Buchstaben, die keinen Sinn ergeben. Damit -" Carmen ließ mich wieder nicht ausreden. Sie sprang auf, fuhr herum und riss dabei den Stuhl um, der umkippte und polternd in der Dunkelheit verschwand. Wir waren hier in Carmens Welt. Ich versuchte, zurückzuweichen, alles in mir schrie, mich endlich umzudrehen und zu rennen – aber es ging nicht. Meine Arme und Beine hatten vor Angst alle Kraft verloren. Mein Herz hämmerte, aber es pumpte nur Leere durch meinen Körper. Ich steckte bis über den Schienbeinen in dicker, wabernder Dunkelheit, die wie Nebel langsam anzusteigen begann. Und mehr noch: Die Dunkelheit kam auf mich zu, schloss mich von den Seiten ein, senkte sich von oben auf mich herab.

Carmens Gesicht war schneeweiß und verzogen zu einer Fratze aus Hass und Wut. Ihre Augen glühten in der Dunkelheit.

„Ich bin tot, nicht blöd, Joshua! Ich komme überall rein, wo du auch reinkommst! Hast du das immer noch nicht verstanden? Aber ich will von dir wissen, was das ist!", fauchte sie, streckte den Zeigefinger aus und deutete auf den Bildschirm. Ich brauchte ihm nicht zu folgen, um zu wissen, was sie meinte. Die Bilder, die im Ordner nach denen vom Herbstfest kamen. Die drei Fotos, die Franziska heimlich mit dem Handy geschossen hatte. In der Mädchenumkleide. Vor Sport. Von Carmen. Gerade, als sie sich umzog. Sie hatte nicht weniger angehabt, als sie im Freibad angehabt hätte, aber es war trotzdem was anderes, im BH als im Bikini.

„Du hättest auch andere genommen. Aber Franziska hatte nicht riskieren wollen, dass jemand etwas mitbekommt. Keine Oben-Ohne-Bilder. Das ist doch der Gedanke, den du seit Dienstag mit dir herumschleppst. Wovor du Angst hast, dass es rauskommt. Dass Franziska redet."

Sie hob die flache Hand, als wolle sie mich schlagen, aber sie verharrte auf der Höhe meiner Wange.

„Bei allem hier ging es also nur um dich. Um deine dumme Angst. Um deine Schuld! Mir ist egal, dass du dich seitdem nicht mehr getraut hast, die Bilder anzuschauen und mir ist genauso verdammt egal, dass du schon vor dieser Woche eine Spur von schlechtem Gewissen gefühlt hast. Du bist kaputt, Joshua. Du hast dich selber ruiniert. Wie hast du so was überhaupt fertiggebracht? Wie kannst du so was machen, überhaupt auf so eine Idee zu kommen?"

Tatsächlich tauchte ein kurzer Gedanke in meinem Kopf auf. Ein kurzes *Weil ich ein bisschen in -* aber Carmen fauchte weiter: „Trau dich jetzt bloß nicht zu behaupten, du wärst verliebt gewesen!" Sie lachte bitter und traurig, aber immer noch auch voll Wut. „Wie konntest du dann so etwas Gemeines mit mir machen, Joshua? Für was, 30€ pro Bild?"

Das und 50€, wenn sie sich gerade den Sport-BH anzieht.

„Daran hast du die ganze Zeit gedacht? Du hast keine Gefühle, Joshua. Andere hatten wirklich Gefühle für mich, Freundschaft und alles. Du warst einfach nur geil. Du kotzt mich an, Joshua. Und das weißt du, du hast es immer schon gewusst. Du hast es nur bis jetzt geschafft, aufzuschieben, dass du daran zu denken anfängst. Nur jetzt kannst du es die vorstellen - wie unendlich ich dich für deine Schuld hassen würde!"

Das Licht ging an. Ich stand mitten in meinem Zimmer. Die Heizung brummte leise, es war angenehm warm. Der Computer war aus. Ich war alleine.

Es war Nacht. Draußen fiel grauschwarzer Schneematsch.

Donnerstag

Am Dienstag hatte ich Angst gehabt davor, an Carmen zu denken. Ich hatte Angst davor gehabt, dass sie zurückkehrte.

Mittwoch war ich so abgelenkt gewesen, dass Carmen verschwunden war aus meinem Kopf. Bis genau die Erinnerungen zurückgekommen waren, die nicht hätten zurückkommen dürfen.

An diesem Donnerstagmorgen dachte ich die ganze Zeit an Carmen, an das, was wir gesagt hatten, an das, was immer noch ungesagt war und ich blieb trotzdem alleine.

Niemand da, als ich aufstand, als ich ins Bad ging. Ich war alleine, als ich in absoluter Stille alleine Frühstück machte und ein bisschen in das Müsli weinte. Ich hatte sie verscheucht. Gestern Abend war sie ein zweites Mal für mich gestorben. Es war klar meine Schuld, dass Carmen nicht mehr da war. Zum ersten Mal ahnte ich, was es wirklich bedeutete, sie zu vermissen.

In den Bussen durch die Stadt und zur Schule war ich nur einer von vielen, die alle ihre eigenen Probleme hatten. Niemand achtete auf den anderen, das war gut. So konnte ich alleine am Fenster sitzen, rausschauen und die gelegentliche, verräterische Träne wegdrücken. Carmen kam nicht.

Wenn ich nach ihr suchen musste? Zurück an den Bach gehen, sehen, ob sie dort auf mich wartete, wie Dienstag? Oder zur Unterführung, wie gestern? Das traue ich mich noch nicht. Was ich dort gesehen hatte, steckte mir noch zu sehr in den Knochen. So wollte ich Carmen nicht wiedersehen. Lieber gar nicht. Oder doch?

Ich wusste es nicht. Zu diesem Ich-weiß-es-nicht gesellte sich eine ganze Menge mehr Weißnichts. Über mich, über Carmen, über die Klasse, Hellen, Franziska, Markus. Mit jedem Eingeständnis, dass ich keine Ahnung hatte, wurde es leerer in mir. Keine Ahnung zu haben von irgendwas, nicht zu wissen, was ich tun sollte, denken sollte, fühlen sollte, höhlte mich aus. Wie eine Handpuppe, ohne Arm in ihrem Innern. Eine Handpuppe aus Schuld, die nie würde ausgesprochen werden können!

An der Schule angekommen trödelte ich auf dem Schulhof herum, mied andere Leute, besonders aus meiner Klassenstufe und ging erst vor dem zweiten Gong rein.

So sah der offizielle Plan aus: Die ersten vier Stunden würde normaler Unterricht laufen, dann Gottesdienst in der kleinen Kirche im Wohngebiet in der Nähe. Die Feier würde besonders für uns Neuntklässler sein, allerdings würden wohl auch ein paar ältere Schüler kommen. Außerdem war auch heute wieder Frau Sticher im Haus und wir würden jederzeit zu ihr gehen können, alleine oder in Gruppen. Manche ging zu ihr während des Unterrichts. Ich nicht. „Nichts, worüber wir reden, verlässt den Raum ohne euer Einverständnis", hatte sie behauptet. Vielleicht glaubte sie das wirklich, aber ich war mir ziemlich sicher, dass solche Sachen wie heimlich aufgenommene Unterwäschefotos nicht dazugehörten. So was durften bestimmt nicht mal Leute wie sie geheim halten. Immerhin war ich alt genug dafür, eine Strafe für so was zu kassieren. *Auch, wenn das Opfer schon nicht mehr am Leben ist. Die, der ich etwas angetan habe.*

Ansonsten merkte man aber, dass sich die Situation an der Schule wieder glättete. Es fühlte sich langsam wieder normal an, in die Schule zu gehen. Die Erwachsenen erlangten wieder die Kontrolle über alles – es war auch verdammt Zeit geworden!

Eine Doppelstunde Französisch war das beste, was passieren konnte. Unser Kurs war aus vier Klassen zusammengewürfelt. In den anderen Klassen wussten sie klar, was Sache war. Aber sie hatten nicht wirklich was damit zu tun, Carmen hatte kein Französisch gewählt. Hatte sie Latein gewählt? Oder Spanisch? Keine Ahnung! Jedenfalls guckten die meisten in Französisch zwar ein bisschen trübe und belämmert, als wir ankamen, aber der Unterricht ging weiter.

Texte hören, mitlesen, neue Vokabeln vorgestellt bekommen, nachsprechen, Text lesen, Fragen beantworten, eigenes Ende dazu schreiben, dann neue Grammatik, vorlesen, Hausaufgaben vorbesprechen. Aufgaben im Übungsheft und Vokabeln abschrieben. Das volle Programm Fremdsprachenunterricht, das mich neunzig Minuten lang endlich wieder in etwas

Sinnvollem abtauchen ließ – das erste Mal diese Woche, eigentlich.

Klar sagte ich nichts in diese Richtung, aber ich war Frau Fall dankbar dafür, dass sie ihren Stoff einfach durchzog. Klar hatte sie uns auch gesagt, wir könnten uns immer melden, wenn irgendwas los war. Aber wir verstanden, dass wir für Französisch hier waren und das machten wir dann auch ununterbrochen.

In der Kirche wurden vor allen Ferien und im Advent Schulgottesdienste abgehalten. In der Fünften waren die noch praktisch verpflichtend gewesen, wenn man keine schriftliche Entschuldigung von daheim mitbrachte. Dann hatte sich wohl jemand beschwert, denn seitdem durften wir einfach eine Stunde später kommen, wenn Schulgottesdienst war. Seit der fünften Klasse war ich nicht mehr dort gewesen.

Franziska half klar jedes Mal. Das musste schon sein, als Ministrantin und es machte einen guten Eindruck bei den Lehrern. Carmen war wohl auch immer wieder dabei gewesen, weil sie Klarinette gespielt hatte und bei solchen Gottesdiensten immer wieder Musiker gebraucht wurden. Das war auch noch ein selteneres Instrument als Gitarre oder Keyboard oder so was. Deswegen hatte sie auch zu anderen Gelegenheiten vor Publikum gespielt. Die meisten Lehrer hatten sie daher gekannt. Vor der versammelten Schule spielen zu können war ein Beliebtheitsbonus, den Franziska nie gehabt hatte.

Wir gingen während der zweiten Pause zur Kirche, wo uns Herr Maienbach, die Konrektorin, Frau Manninger und tatsächlich unser Klassenlehrer erwarteten. Ich machte extra einen Umweg, um alleine bleiben zu können. Ich wollte jetzt niemanden neben mir haben. Vor sich hin schweigend nicht und labernd schon gar nicht. Ich wollte auch nicht am Eingang zur Kirche von irgendeinem Erwachsenen persönlich begrüßt werden, in der Erwartung, dass ich auch irgendwas sagte.

Dafür kam ich dann fast zu spät. Es war komisch still in der Kirche. Normalerweise unterhält man sich ja, lacht oder schreit auch irgendwas, wenn eine Schulveranstaltung noch nicht angefangen hat, aber alle schon da sind. Auch in der Kirche. Aber diesmal war es still. Absolut still. Wie auf einer echten Beerdigung. Die meisten trauten sich nicht einmal, zu flüstern.

Am Eingang stand eine Pinnwand. Oben war einfach nur der Satz angebracht: „Auf Wiedersehen, Carmen". *So ein Satz, bei einer Toten?*, dachte ich. **Auf Wiedersehen**. *Wer sich so was ausdenkt*. Darunter hingen zwei Fotos von ihr. Es waren zwei große, grinsende Nahaufnahmen, die mir mit ihren starren Augen zu folgen schienen, als ich an ihnen vorüberging und mich in die hinterste Reihe setzte, weit weg von allen anderen. Wahrscheinlich hatten viele gar nicht bemerkt, dass ich überhaupt da war.

Hätte jemand von draußen reingeschaut, es hätte wahrscheinlich wie ein ganz normaler Schulgottesdienst ausgesehen. Die Lehrer sprachen nacheinander, ein gemeinsames Lied wurde gesungen, es gab eine Pause für ein stilles Gebet. Es war alles irgendwie sehr mechanisch. Als wäre diese ganze Zeremonie eine gut gewartete Maschine, die routiniert vor sich hin ratterte. Vielleicht war das auch eine gute Sache. Es half, mit allem fertig zu werden, wenn man wie auf einem Fließband durch die Trauer durchgeschoben wurde. Auch, wenn ich kaum zuhörte.

Nach einer kurzen Pause, während der niemand am Mikro vor dem Altar war, stand Hellen zögerlich von ihrem Platz ganz vorne auf. Sie sah echt miserabel aus: unausgeschlafen, blass, irgendwie zittrig. Aber sie hatte anscheinend noch genug Kraft, zu kommen, das war doch schon eine Leistung!

Als könnte es sie stützen, umklammerte Hellen das Mikrofon, während hinter ihr die Lehrer am Keyboard und der Gitarre eine Melodie zu spielen begannen. Ich hatte überhaupt nicht aufgepasst und war jetzt umso überraschter, als ausgerechnet die scheue, von Trauer kaputte Hellen vor versammelter Truppe zu singen begann.

Es war wohl irgendein Kirchenlied, keine Ahnung, das die Lehrer halt ein bisschen poppiger spielten. Es klang trotzdem noch traurig und ging irgendwie über so was, wie: *We will never walk without you.* Aber Hellens Stimme! Das war schon heftig.

„Sie hat echt was drauf, so gesangsmäßig!", sagte Carmen hinter mir. „Dreh dich nicht um! Ich bin immer noch verdammt sauer auf dich. Höre lieber Hellen zu, sie singt so schön. Ob sie wohl auch auf meiner Beerdigung singen wird. Oder war die schon? Egal. Es ist gut zu wissen, dass sie immer noch singt, obwohl ihr so übel mitgespielt wurde."

Jeder Idiot stellt heutzutage Videos von sich ins Internet auf Seiten, wo wirklich jeder dran kommt und niemanden juckt es. Genauso hatte es auch Hellen gemacht und hatte Videos von sich, wie sie sang, auf Videoseiten hochgeladen. Aber klar war es bei ihr was anderes gewesen. Denn Hellen war Hellen und für ein paar echte Mistkerle das perfekte Opfer gewesen. Sie hatte richtig gesungen, nicht bloß Playback oder so was, kein dummes Rumgehampel zur Musik. Sondern *richtiges Singen*, ohne Computer und es war echt gut gewesen.

Aber plötzlich waren *echt* üble Kommentare unter den Videos aufgetaucht und in der Schule hatten die Leute ihren Gesang und ihre Bewegungen blöd nachgemacht. Sie hatte in der Schule plötzlich keine Ruhe mehr gehabt. Sie hatte es sich immer und immer wieder anhören und ansehen müssen.

Ich hatte da nicht mitgemacht, ich fand das bescheuert und Hellen war normalerweise niemand, die mich interessierte. War mehr so ein Mädchending gewesen, von Franziska und so. Dabei war Hellen immer ein echt zu einfaches Opfer gewesen. Aber klar hatte ich auch nichts dagegen getan.

„Du hast dich damals eingemischt", flüsterte ich, ohne mich umzudrehen, „letztes Jahr, als die versucht haben, Hellen fertigzumachen. Einfach so Franziska und die anderen aus ihrer Gruppe auf dem Schulhof anzubrüllen, wenn sie dumm herumgelabert haben. Ich fand das damals schon ziemlich cool. Hat deswegen Markus nicht fast einem Jungen eine reingehauen?"

„Im Gegensatz zu dir haben wir zwei halt was unternommen! Bereust du es, nichts getan zu haben?"

Ich sagte nichts.

„Du hast seit Dienstag eine ganze Menge Sachen entdeckt, die du bereuen könntest, nicht?", murmelte Carmen, während sie die Bank, auf der ich saß, umrundete und sich auf das Polster neben mir setzte.

„Und trotzdem gibt es Sachen, die du versteckst. Vor dir und vor allen anderen."

„Und vor dir? Kann ich überhaupt etwas vor dir verstecken? Ich dachte seit gestern Abend, dass du alles von mir weißt."

Carmen nickte: „Alles, was du dir auch selber klarmachen kannst. Aber wenn du Gedanken so weit von dir wegschiebst, dass du schon gar nicht mehr weißt, was es war, sondern nur, dass da mal was war, dann habe ich auch keine Ahnung."

Wir schwiegen und ich hörte Hellen beim Singen zu. Als sie fertig war, schauten sich nicht wenige unschlüssig an. Durfte man bei einem Gottesdienst klatschen? Auf einer Trauerfeier? Manche klatschten wirklich leise, aber die meisten begnügten sich damit, zu lächeln und zu winken oder so was. Ich tat nichts in die Richtung. Ich saß so weit hinten, dass Hellen es wahrscheinlich eh nicht gesehen hätte. Und geglaubt, dass ich nett zu ihr sein wollte, auch nicht. Nach fünf Jahren in einer Klasse mit jemandem wie mir hätte ich es an ihrer Stelle auf keinen Fall geglaubt. Alleine, ihre Aufmerksamkeit auf mich zu lenken, hätte ihr schon die Stimmung noch kaputter machen können, egal, wie ich es meinte.

Nach Hellen trat wieder Rektor Maienbach ans Mikrofon und kündigte zwei Minuten schweigen zum „persönlichen Abschied und stillen Gebet" an.

Sofort wurde es noch stiller in der Kirche. Ich hörte kein Flüstern, kein unruhiges Rumrutschen auf den Bänken mehr, nicht einmal das Rascheln von Kleidung. Die meisten guckten einfach auf ihre Knie. Keine Ahnung, was sie machten. Warteten wahrscheinlich darauf, dass es weiterging. Oder beteten wirklich.

Und Carmen? Sie machte Anstalten, aufzustehen. Ich sah es in meinem Augenwinkel und mir wurde kalt. Kälter als irgendwann, als sie bei mir gewesen war. Kalt, wie die Millionen Lichtjahre Leere zwischen den Sternen. Sie durfte nicht gehen, nicht jetzt, noch nicht! Ich musste schnell etwas sagen, um sie hier zu behalten!

„Es tut mir leid, Carmen!"

Sie stockte und drehte sich zu mir um, sah mir zum ersten Mal heute wieder ins Gesicht.

„Ist das so?"

Ich nickte.

„Was tut dir leid, Joshua?"

Alles! Und das war nicht mal gelogen. Mir tat leid, wie ich ihr gegenüber gewesen war. Alles, wovon sie gewusst hatte und noch mehr, wovon sie bis zu ihrem Tod nichts geahnt hatte. Mir tat leid, dass ich meine dummen Gefühle nie hatte anders äußern können. Aber klar brachte ich nichts davon über die Lippen. Es tat mir leid, was ich unterlassen hatte. Es tat mir leid, was ich verbrochen hatte. Es war zu viel auf einmal und viel zu kompliziert, für mich jedenfalls, um es ausdrücken zu können.

„Man kann Sachen kaputtmachen, von denen man gar nicht wusste, dass es sie gibt. Und man kann Sachen kaputt machen, ohne es zu merken. Das habe ich alles nicht gewusst."

„Ich verstehe schon", murmelte Carmen und setzte sich langsam wieder. „Versuch erst gar nicht, es in mehr Wörter zu packen. Ich glaube echt nicht, dass du das Hirn dafür hast, das hinzukriegen."

Das war wahr, aber auch irgendwie grob.

„Ja, grob, Joshi. Mir egal. Es ist so, auch wenn du dich für den großen Dichter hältst. Guck doch nicht so, ich weiß, was du manchmal für Sachen schreibst. Hallooooo", fügte sie lang gezogen hinzu und klopfte mir mit den Knöcheln gegen den Kopf. „Ich bin da drinnen. Klar weiß ich, dass du manchmal abends Gedichte liest und zu übersetzen versuchst. *Ange plein de gaieté, connaissez-vous l'angoisse?* Engel voller Glückseligkeit, kennt ihr die größte Angst?", zitierte sie erst das Original und dann meine Übersetzung. „Passt nicht wirklich, deine Übersetzungen, denke ich. Klingt irgendwie komisch. Aber was will man erwarten, wir sind Neuntklässler. Und trotzdem: Wer hätte gedacht, dass gerade ein Wichser wie du Gedichte liest! Französische Gedichte!! Freiwillig!!! Und dann auch noch selber übersetzt. Weiß irgendwer davon?"

Natürlich nicht!

„Das wäre endlich mal etwas Interessantes an dir."

Ja, interessant. Roger würde es wahrscheinlich nicht kümmern. Ihm waren solche Sachen egal, er machte sich nicht über Menschen wegen so was lustig.

Aber alle anderen hätten es wahrscheinlich komisch gefunden.

„Glaubst du", fragte Carmen, „ich hätte es gut
gefunden?"

Ich hätte es gut gefunden, hättest du es gut gefunden,
dachte ich. Ich sprach es aber nicht aus, begriff auch
selber nicht ganz, was ich damit genau meinte.

„Vielleicht hättest du irgendwann mal etwas sagen müssen. Aber wenn du so viel Angst vor deinen
Mitmenschen hast, dass du über so was nicht reden
kannst, wird klar nichts daraus. Möglichem Risiko aus-
gewichen, mögliche Chance vertan, Joshua!"

Hatte ich denn eine Chance gehabt? Hatte es
ein Risiko gegeben? Hätte ich vielleicht einfach doch
nur eine Nachricht schreiben sollen. Etwas Kleines,
zwei Sätze. Etwas stach in meiner Brust, ein unangenehm heißes Gefühl, dass ich schnell wieder runter-
schluckte.

„Man kann halt nie wissen", murmelte ich
mutlos.

In der Zwischenzeit war die Schweigepause verstrichen und Franziska war an das Mikrofon getreten. Ministrantin, Klassensprecherin, klar musste sie heute auch sprechen.

„Hör dir das an. Erzählt euch was von Verlust und von: *Wir tragen Carmen immer mit uns in unseren Herzen.* Sie hat mich gehasst und jetzt kämpft sie mit den Tränen?"

„Kann denn nicht beides sein? Das eine war früher. Aber jetzt ist alles anders. Für jeden von uns. Dass einem die Klassenkameradin stirbt, macht einen fertig, weißt du?"

„Man schätzt die Dinge wohl anders ein?"

Ich nickte. „Und manchmal tun einem Sachen leid, die man vorher – anders gesehen hat. Aber bei uns ist das klar was anderes", fügte ich grinsend hinzu. Carmen grinste nicht. Ihre Brauen zogen sich zu einer üblen Falte zusammen und ihre Mundwinkel gefroren.

„Wie meinst du das?"

„Naja, weil du ja hier bist, so, bei mir, dann und wann. Obwohl das eigentlich nicht möglich ist, weil du – du weißt schon – tot bist", stammelte ich.

Ich war echt verwirrt, dass ausgerechnet **ich** es ausgerechnet **ihr** erklären musste.

Carmen seufzte. Sie war offensichtlich frustriert mit mir und ich hatte keine Ahnung, wieso.

„Glaubst du, du bist etwas Besonderes, Joshua?"

„Ich kann mir jedenfalls nicht vorstellen, dass jeder in der Klasse heimlich mit einer Toten spricht. Oder gehst du zu ihnen? Warst du bei anderen, als du nicht bei mir warst?"

„Du verstehst immer noch nichts, Joshua. Also gut", murmelte Carmen und streckte die Hand nach meiner aus. „Halt doch still!", zischte sie, als ich meine Hand zurückziehen wollte. Keine Ahnung, ich hatte das nicht absichtlich gemacht, mehr aus einem Reflex heraus. Ich hatte noch nicht wieder Angst vor Carmen, aber ich war beunruhigt.

Carmen ließ sich nicht aufhalten. Ihre Hand schoss vor und umklammerte meine Finger.

Keine Ahnung, was ich hätte erwarten können. Das, was passierte, hätte ich mir jedenfalls nicht vorstellen können. In genau dem Moment, als sich Carmens eiskalte Finger um meine Hand schlossen, schwappte eine Welle aus Lärm über mich hinweg. Zwischen zweimal blinzeln wurde es so laut, dass ich Franziska vorne am Mikrofon nicht mehr hören konnte. Es waren Gespräche. Manche flüsterten, manche redeten normal und eine ganze Menge Leute machten einen ziemlichen Lärm: Schreien, Brüllen, Weinen, Heulen. Verwirrt, orientierungslos und schon ein bisschen panisch versuchte ich, irgendwas Klares aus dem Stimmengewirr herauszuhören, aber es war unmöglich. Die plötzliche Lautstärke in einer Kirche, in der man bis gerade eben noch jeden Atemzug hatte hören können, hämmerte mir auf die Trommelfelle, dass mir schwindlig wurde. Ich presste kurz die Augen zusammen, wartete, bis ich mich halbwegs an das Reden, Schreien und Weinen gewöhnt hatte, schlug die Augen auf und schaute mich um. Da sah ich es: Carmen. Fünf Dutzend mal Carmen. Neben jedem hier in der Kirche saß Carmen. Hinter Frau Manninger stand eine Carmen vorgebeugt und flüsterte der Lehrerin ins Ohr. Neben Franziska am Mikro stand Carmen genau so und redete leise auf sie ein. Carmen war überall, trug jedes Mal andere Kleidung, hatte eine andere Frisur – aber es war klar jedes Mal Carmen. Mal war sie es, die brüllte, die weinte oder redete, mal war es die andere Person und die meiste Zeit waren es beide.

Wie ich mich so gehetzt umschaute, musste ich wahrscheinlich komplett behämmert aussehen. Als hätte ich einen extremen Krampfanfall oder so was. Aber klar sah es niemand, niemand beachtete mich, jeder hier war genug mit eigenen Dingen beschäftigt. Jeder hier war mit Carmen beschäftigt. Seiner Carmen. Es gab hier niemanden, neben dem nicht eine eigene Version von Carmen saß oder stand. Carmen war überall.

Für ein paar Sekunden brach das alles über mich herein, der Lärm, dieser komplett wahnsinnige Anblick, das Gewirr aus Stimmen, Worten und dem immer gleichen Gesicht überall, bevor Carmen meine Hand wieder losließ. Die plötzliche Stille traf mich wie ein Faustschlag in den Hals. Ich erschrak so sehr vor ihr, dass ich nicht mehr einatmen konnte und alles in meinem Hals zumachte. Mir war nicht mehr schwindlig, aber für ein paar Sekunden war ich mir fast sicher, dass ich würde kotzen müssen. Während der kurzen

Dunkelheit eines einzigen Blinzelns war alles wieder normal geworden. Zumindest so normal, wie es die letzten Tage über gewesen war: Alles war leise, nur lebende Menschen waren in der Kirche – außer Carmen, die neben mir saß. Wärme begann langsam wieder, zurück in meine Finger zu kriechen.

„Wenn du es jetzt immer noch nicht blickst, Joshua, dann weiß ich auch nicht. Du bist nicht besonders. Du bist so stark wie alle anderen, du bist so schwach wie alle anderen. Manche trifft es noch viel extremer als dich. Manche trifft es auch weniger als dich. Vergiss das nicht. Aber du sitzt hier, ganz alleine und akzeptierst immer noch nicht, dass du nicht alleine bleiben kannst. Du weißt ziemlich genau, dass du ein Arschloch warst. Das ist so. Aber das heißt nicht, dass du jetzt gerade anders bist, als die anderen!"

Langsam verschwammen meine Klasse, Lehrkräfte, Franziska, Hellen, Markus, die Bänke und der Altar zu einem Kaleidoskop aus runden, bunten Kristallscheiben, als sich meine Augen mit Tränen füllten. Das Kaleidoskop drehte sich, zitterte, schmolz. Ich blinzelte, aber alles begann sofort von Neuem, nur dass mein Gesicht nass wurde.

„Ich bin tot. Du lebst. Gewöhne dich jetzt daran. Akzeptiere zumindest, worüber du nicht sprechen kannst. Und rede über alles andere. Nicht mit mir in deiner Fantasie, sondern mit echten Menschen. Menschen, die mit dir am Leben sind und die genauso drinnenstecken, wie du!"

Ich musste einen ziemlichen Radau gemacht haben, aber das kümmerte mich nicht. Für ein bisschen Zeit konnte ich heulen, ohne darauf zu achten, wer mich dabei sah, wer mich hörte und was darüber gedacht werden konnte. Ich dagegen hörte und sah erst mal gar nichts. Irgendwann fingen Bewegungen um mich herum an, ich hörte entfernt Schritte, aber ich sah nicht auf. Es war mir egal. Ich weinte, raufte mir mit vollen Händen die Haare, biss mir in die Faust, wischte mir das Gesicht, die Augen, die Nase an meinem Pulli ab und es juckte mich nicht. Ich wiegte mich auf der Bank vor und zurück, während ich weinte, ständig vor und zurück. Als würde ich mich selber hypnotisieren wollen. Oder in den Schlaf wiegen. Endlich weg von meinen Gedanken. Alles hatte ich verdrängt außer diesen Gedanken: Dass es wehtat. Dass ich Angst hatte und wütend war, auf Badewasser, dass es Storm leiten konnte, auf den menschlichen Körper, der keine Stromschläge vertrug, aufs Ertrinken, auf mich, meine Dummheit. Was für peinlich blöde Gedanken ich sogar jetzt noch hatte. Ich war wütend über meine Gemeinheit. Darauf, dass ich gleichzeitig wollte, dass dieser Schmerz endlich aufhörte und immer weiter gehen sollte. Der Schmerz über Carmens Tod würde dafür sorgen, dass sie nicht verschwand, dass ich sie nicht vergessen würde. Das war es wert, diesen Schmerz zu fühlen, oder nicht?

Was für blöde Gedanken man hat, wenn man über den Tod von jemandem heult, dachte ich. *Wenn das jemand wüsste.*

Ich wachte erst wieder auf, als ich mich an meinen eigenen Tränen und dem Rotz verschluckte und vom Weinen in einen Hustanfall stolperte, der mich wieder in die echte Welt zurückholte. Keine Ahnung, wie lange das so gegangen war. Fünf Minuten oder zehn sogar. Als ich mit dem Husten fertig war und endlich wieder aufschauen konnte, war die Zeremonie schon zu Ende gegangen. Viele waren schon weg, wahrscheinlich an mir vorbeimarschiert, ohne auf mich zu achten. Das kam mir bekannt vor. Wie Dienstag früh. Und genau so, wie ich es auch gemacht hätte, an ihrer Stelle.

Die Lehrer waren noch da und ein paar Schüler standen bei ihnen. Markus und Hellen sprachen ein bisschen abseits miteinander. Sie sahen schon ein bisschen besser aus als die letzten Tage. Hellen lächelte sogar ein bisschen. Markus' Gesicht war aber immer noch irgendwie grau, kantig und kalt. Irgendwie leblos.

Als ich mich weiter umsah, fand ich Roger und Alya. Sie standen zusammen nur ein paar Meter weiter weg zwischen zwei Bänken. Das war komisch. Was hatten die beiden miteinander zu tun? Noch komischer war, dass sie die Köpfe zusammengesteckt hatten und in meine Richtung schauten. Sie redeten. Über mich. Als Roger bemerkte, dass ich in ihre Richtung guckte, hob er die Hand und winkte. Er sah ein bisschen verlegen dabei aus. Als wäre es ihm peinlich, mich so zu sehen.

Alya sah selbstbewusster als er aus, als sie das gleiche tat: Sie lächelte und winkte, aber nicht einfach so. Sie winkt mich zu ihnen her. Als ich nicht sofort reagierte, wiederholte sie die Geste nochmal: Ein freundliches, bestimmtes Wedeln zu sich.

Ich wollte nicht. Auf keinen Fall. Sie würden über das alles reden wollen. Über Carmen. Aber wahrscheinlich vor allem darüber, wie es mir ging. Klar, sie guckten mich ja nicht so besorgt und mitleidig an, weil ich happy aussah. Darüber würden sie klar reden wollen. Ich hatte nicht mal Lust, alleine darüber nachzudenken!

Jetzt war es aber zu spät. Ich würde nicht mehr einfach so tun können, als hätte ich sie nicht gesehen. Trotzdem einfach aufstehen, kurz winken und gehen? Eigentlich konnte mir auch egal sein, wie das aussehen würde. Mit Roger würde ich mich schon irgendwann wieder vertragen können und mit Alya hatte ich nichts zu tun. Bloß weg von hier, von der Kirche, vom Tod, von Carmen, von Gefühlen, denen der anderen und meinen eigenen.

Aber – *Aber wenn du jetzt die ausgestreckte Hand wegschlägst, kannst du es vergessen,* dachte ich. *Dann drehst du entweder durch oder du gehst an der Sache ganz einfach kaputt. Dich hält dann nichts mehr zusammen als die Angst vor dich selber und die Angst vor anderen.*

Ich stand vorsichtig auf, guckte in die Richtung von Alya und Roger, versuchte mich an einem Lächeln. Es fühlte sich an, als müsste ich gegen meine eigenen Gesichtsmuskeln ankämpfen, aber irgendwie gelang es mir schon, schmerzhaft und verkrampft die Mundwinkel nach oben zu bekommen. Irgendwie würde es schon wie ein Lächeln aussehen. Ich hob die Hand, spreizte die Finger, wedelte damit ein bisschen lasch hin und her, während ich hinter mich guckte, Richtung Ausgang, der offen stand. Feuchte, kalte Luft zog durch ihn herein. Luft, die nach schwarz-grauem Schneematsch roch.

Füreinander da sein

Nach ein bisschen Hin und Her und einer Menge Bequatsche hatten mich die beiden überzeugt, mit ihnen zu gehen, in diesen hübschen Teeladen in der Innenstadt. Es gab dort alle möglichen teuren und besonderen Teesorten, Dani kaufte dort wohl immer mal wieder Geschenke für unsere Eltern. Im Sommer war der Hinterhof offen, wo es Tische und Stühle gab, um dort Tee zu trinken. Jetzt, Ende November, war das natürlich nicht möglich. Entweder bloß Tee für daheim kaufen oder zum Trinken im Pappbecher to go. Es sei denn, man kannte dort jemanden. Ich kannte niemanden, ich betrat den Laden in den fünfzehn Jahren meines Lebens zum ersten Mal und Roger ging es genauso. Alya dagegen kannte alle dort beim Vornamen, konnte für uns auswendig guten Tee bestellen und Sitzgelegenheiten für draußen organisieren. Und weil alle wussten, dass unsere Klassenkameradin die Woche gestorben war, redeten alle drei Verkäuferinnen lieb auf uns ein. Sie versicherten uns dreien ihr Beileid und herzten und umarmten Alya ausgiebig. Das war komisch, Alya so zu sehen, von der ich eigentlich keine

Ahnung hatte, obwohl sie seit drei Jahren in unserer Klasse war, wie sie so mit erwachsenen umging. Fünf Minuten später saßen wir auf drei Drahtstühlen neben dem Eingang mit dicken Decken um die Knie und die Hüften gewickelt. Unsere Teetassen standen vor uns auf einem wackeligen kleinen Tischchen. Es war eiskalt und feucht hier draußen, die Fußgängerzone still und ziemlich verlassen. Es war leise wie sonst nur in der Nacht, aber am helllichten, grauen Tag. Wir waren praktisch mit unseren Tees alleine. Gemeinsam alleine.

„*Petit Salon de thé*", seufzte Alya und deutete auf das Namensschild über den Eingang. „Das ist doch genau das richtige für so einen Französischfreak wie dich, Joshua, oder?"

„Nicht wirklich, ich mag Kaffee lieber. Außerdem gibt es zwei verschiedene Wörter für Tee auf Französisch. So was wie Kräutertee heißt eigentlich *infusion*. Aber Salon für Infusionen oder so was klingt wahrscheinlich nicht so toll, um es als Namen für seinen Laden zu benutzen. Ich weiß auch nicht genau, ob es *salon de thé* oder *salon du thé* heißen müsste", antwortete ich drauf los, ohne mich wieder bremsen zu können. Roger guckte ein bisschen verwirrt, dabei hatte er auch Französisch. Alya aber lächelte.

„Dass ausgerechnet du so ein Streber sein kannst. Du in Französisch, Lisa in Deutsch und Yasmin in Spanisch und in allen anderen Fächern wahrscheinlich Franzi oder Carmen."

Damit waren wir beim Thema, um das es natürlich gehen musste. Wieso mich Alya mit Rogers Hilfe überhaupt hierhergeschleppt hatte. Mir wurde kalt unter meiner Decke.

Den ganzen Weg von der Schule hierher hatten Roger, Alya und ich um das Thema herumgeredet. Hatten nur darüber gesprochen, wie toll Hellen immer noch singen konnte. Dass unser Klassenlehrer echt nicht ganz gesund wirkte. Dass es am Wochenende wohl richtig schneien würde. Eigentlich hatten sogar nur die beiden geredet und ich war neben ihnen gelaufen und hatte gebrummt und genickt und gehofft, das würde genügen, damit sie zufrieden waren.

Jetzt saß ich und konnte nicht mehr weg. Das hieß wohl auch, dass ich mich beteiligen musste.

„Du bist ganz blass geworden. Nur, weil Alya ihren Namen gesagt hat? Hey, komm schon! Sag, was los ist!" Roger setzte sich richtig ins Zeug, aber ich schaffte es nicht, irgendwas zu sagen oder ihn oder Alya auch nur anzusehen und starrte in meinen Kamillentee.

„Roger und ich haben geredet. Wir machen uns echt Sorgen, Joshua. Nicht nur seit vorhin. Aber das war schon ziemlich heftig. Da haben wir uns endlich entscheiden können dazu, dich darauf anzusprechen."

Also gut. Für sie war die ganze Situation gerade auch nicht so einfach, vielleicht sogar genauso peinlich, wie für mich. Aber wenn es wirklich so war – „Wieso interessierst du dich dann dafür? Alya, dich meine ich. Wir haben doch eigentlich gar nichts miteinander zu tun."

Roger gegenüber war das klar ein bisschen gemein. Wir waren Freunde und ich hatte trotzdem gar nicht darüber nachgedacht. Ich hatte mir keine Sorgen um ihn gemacht. Ich hatte die letzten Tage gar nicht an irgendwen gedacht, wenn es nicht auch um mich ging.

„Du hast mit niemandem gestern oder heute in der Schule geredet, oder? Wir sind nicht die einzigen, denen das auffällt. Eigentlich hat dich fast keiner gesehen. Merkst du eigentlich, was sonst so passiert? Alle sind im Klassenchat total aktiv. Alle haben miteinander geredet. Du glaubst gar nicht, wie gut das tut. Manche haben sich nach der Schule getroffen, einfach, um zu reden. Oder zum Zuhören oder irgendwas. Egal, mit wem. Nur dich erreicht niemand. Als wenn du uns alle absichtlich ignorieren würdest. Das ist echt vielen aufgefallen, aber keiner wusste, was man da machen kann. Keiner wusste, wie man dich anquatschen kann."

„Also hast du es einfach gemacht?"

Alya nickte. „Es ist gerade ziemlich egal, wer sonst mit wem gut auskommt. Alle helfen halt irgendwie allen, wie sie können."

„Also, wie geht es dir, Joshua!", warf Roger plötzlich ein.

Beide schauten mich an. Lächelten und starrten, als könnten sie die Worte aus mir herausziehen.

„Ich hatte ja auch keine Ahnung, wie ich mit dem Ganzen umgehen soll. Allen ging es so, aber -"

Aber alle anderen hatten sich irgendwie zusammengerauft, hatten sich um einander gekümmert. Nur ich nicht. Ich war verschwunden, Hauptsache alleine, ohne mich für die anderen zu interessieren. In Ruhe bleiben. Grübeln. Darauf warten, dass der Schmerz von sich aus aufhörte, Carmen zurückkam, auf mich irgendwo wartete und lächelte, wenn ich sie sah.

„Ich habe darauf gewartet, dass Carmen zurückkommt", murmelte ich, ohne es zu merken.

Dann erzählte ich. Klar konnte ich nicht alles sagen, was genau passiert war. Ich behauptete, es wären Träume gewesen. Aber ich erzählte von der ersten Nacht, von der Unterführung. Die Fotos verschwieg ich natürlich.

Erst, als ich fertig war, guckte ich wieder auf in die Gesichter von Alya und Roger.

„Ich fand das gestern echt schön, wie du das von euch beiden erzählt hast. Auch wenn Markus das anders sieht", sagte Roger.

Ich zog die Schultern hoch. „Er hat ja recht gehabt."

„Trotzdem!"

„Finde ich aber auch", sagte Alya. „Es ist halt nicht alles immer entweder so oder so, schwarz oder weiß. Ich fand, man hat sehr stark gemerkt, dass sie dir wichtig war." Sie schaute mich weiter an, als erwartete sie etwas von mir, sagte erst nichts, dann schluckte sie so stark, dass ich es sehen konnte. Sie hatte echt Angst, bei mir in ein Wespennest zu stechen. Dann rang sie sich durch. „So, wie du das erzählt hast, klang das so nett und so überhaupt nicht nach dir, wie du sonst halt bist. Es klang, als hättest du ziemlich große Gefühle gehabt für Carmen."

Wenn du wüsstest, dachte ich. *Was ich für Gefühle hatte. Du würdest sofort aufhören, mit mir zu reden. Aber das waren auch nicht alle Gefühle. Du hast schon recht.*

Glücklicherweise verstanden die beiden schon. Sie verstanden alles, was sie verstehen durften. Roger, mein bester Freund, mit dem ich nie so was besprochen hätte. Und Alya, eine Klassenkameradin, mit der ich so wenig zu tun hatte, dass Tage vergehen konnten zwischen zwei Malen, dass wir miteinander redeten.

„Dir geht es auch nicht anders als uns. Wir haben auch Sachen, über die wir wirklich nicht reden können. Aber für alles andere müssen wir jetzt echt alle füreinander da sein. Und bei fast allen klappt das auch. Nicht bei allen."

„Franzi ist genauso drauf wie du", warf wieder Roger ein. „Als ob sie so viele Geheimnisse hätte, dass sie mit niemandem darüber reden könnte. Aber es ist jetzt echt so, wie Alya sagt. Keiner lacht jetzt über den anderen. Es ist jetzt gerade total egal, wer *eigentlich* mit wem befreundet ist oder so was. Und Markus hat sich mittlerweile auch wieder beruhigt."

„Und was wollt ihr jetzt von mir?", fragte ich.

„Nichts", antwortete Alya. „Wir wollen nur, dass du weißt, dass wir alle, halt, da sind, wenn du jemanden brauchst. Wir stecken da jetzt zusammen drinnen. Jeder sieht, wie fertig du bist aber keiner weiß, was er tun kann, wenn du dich nicht bewegst."

Den beiden ging es also so wie mir. Das behaupteten sie zumindest. Und trotzdem dachten sie nicht nur an sich. Für sie wurde es dadurch bloß komplizierter. Der Schmerz würde nicht weniger werden, nur die Last noch größer. Oder nicht?

Weiter sprachen wir nicht mehr über diese Sache, sondern über den Gottesdienst, den Unterricht, den Schnee von letzter Nacht.

Roger sagte: „Heute Nachmittag wird Carmens Beerdigung sein. Das hat mir Markus heute früh erzählt. Hellen und er wurden eingeladen und gehen natürlich auch hin. Für die zwei ist es besonders schwer, aber die Familie kennt sie ja. Herr Maienbach wird wohl auch dort sein. Wir haben uns erst gedacht, wir geben ihnen eine Beileidskarte oder so was mit, auf der jeder unterschreibt. Aber … Das ist irgendwie auch komisch."

Ich nickte. Mit solchen Karten gratulierte man Lehrern zum runden Geburtstag. Andererseits, wenn wir was als Carmens Klasse tun konnten, dann sollten wir das auch. Selbst, wenn es erst mal irgendwie blöd aussah.

„Vielleicht warten wir einfach bis nächste Woche. Wenn die Beerdigung schon vorbei ist und alles ein bisschen – ruhiger", schlug ich vor.

*Wenn wir wieder anfangen müssen, normal zu funktio-
nieren,* dachte ich. *Ob mit gegenseitiger Hilfe oder ohne. Ob
wir es hinkriegen, einfach wieder normal zu werden oder nicht.*

Als das letzte bisschen Tee aufgetrunken war
verabschiedeten wir uns. Roger gab mir die Faust, wie
das bei uns eben so war. Alya umarmte uns beide kurz.
Ich war noch nie von ihr umarmt worden. Klar, das
hatte nichts zu bedeuten. Nichts Komisches. Nichts,
was man denken könnte. Außer, dass sie die ganze Für-
einander-Da-Sein-Sache echt ernst meinte.

Wer wohl für sie da war? Oder für Roger. Für
mich konnte die ganze Klasse da sein, hatten sie behauptet. Für die beiden dann wohl auch.

Für wen war ich da? Für ein totes Mädchen,
die in meinem Kopf lebte? Konnte ich nicht für jemanden Lebendiges da sein?

Zu Hause wartete Dani auf mich.

„Erzähl mir bitte nicht, dass du dir zwei Tage Urlaub genommen hast, um auf mich nach der Schule zu warten und auf mich aufzupassen."

„Mama und Papa machen sich Sorgen um dich. Auch, wenn sie es noch nicht gut zeigen. Ich mache mir auch Sorgen. Also erzähl mir nicht, wie ich meine freien Tage zu verbringen habe, solange es dir nicht gut geht, du Holzkopf!"

In der Küche sah ich Dani dabei zu, wie sie die Kaffeemaschine einschaltete. Sie schaute nicht direkt in meine Richtung, vielleicht aus den Augenwinkeln, keine Ahnung. Aber ich hatte trotzdem das gleiche Gefühl wie in der Kirche, als mich Roger und Alya einfach über die Bänke hinweg angeschaut hatten: *Jetzt oder nie.*

„Ich dachte eigentlich, dass du früher heimkommst", sagte Daniela.

„Wir hatten heute die Trauerfeier für Carmen in der Kirche. Ich war danach noch mit Leuten unterwegs. Freunden von mir aus meiner Klasse", antwortete ich.

„Trauerfeier", murmelte Dani, während sie Milch, Zuckerdose und die erste Kaffeetasse auf den Tresen stellte. „Willst du heute darüber reden?"

Alya hatte gelächelt. Daniela lächelte nicht. Tatsächlich guckte sie irgendwie sogar streng. Sie würde wahrscheinlich jede Antwort akzeptieren. Aber sie erwartete eine bestimmte Antwort. *Wie ehrlich kann man seiner älteren Schwester gegenüber sein, wenn man solche Sachen wie ich im Hinterkopf hat?*

„Es war gut, schätze ich", murmelte ich und erzählte. Erst von der Zeremonie, dann von meinem Gespräch mit Roger und Alya. Damit Dani verstand, worüber wir geredet hatten, erzählte ich noch mal von Dienstag, aber dieses Mal auch davon, dass Markus auf mich sauer gewesen war, von der Geschichte in der fünften Klasse. Die ganze Geschichte.

„Du hast ein Problem damit, Joshua, dass es dir ehrlich leid tut, aber es jetzt nicht mehr sagen kannst", fasste sie meine Gefühle besser zusammen, als ich es jemals gekonnt hätte. „Hast du deswegen Albträume und schläfst so schlecht? Wir haben dich gestern weinen hören, aber Mama und Papa hatten sich nicht einigen können darauf, was wir tun sollten, also machte niemand irgendwas. Das -", sie schluckte und zögerte kurz. „Das tut mir ehrlich leid!"

Jetzt, wo auch das angesprochen war, so peinlich und bescheuert es sich auch für mich anfühlte, konnte ich darüber auch ehrlich sein. Zumindest ein bisschen. Ich machte es bei Dani genauso wie bei Alya und Roger und verpackte alles, was mit Carmen gestern und vorgestern gewesen war, in die Geschichte, es wären Albträume gewesen.

Ich sagte nichts von den Fotos, klar. Daniela hätte mich umgebracht. Aber ich sagte alles andere. Auch, dass ich anderen nicht geholfen hatte, dass ich vielleicht öfter ein Teil des Problems gewesen war, manchmal ganz sicher.

„Glaubst du nicht, dass das bei jedem so ist?", fragte Daniela.

Ich hatte keine Ahnung und das sagte ich auch.

„Du siehst deine Carmen natürlich ganz positiv. Aber bestimmt konnte sie auch eine ziemliche Zicke sein!"

Alleine, das zu denken, fühlte sich falsch an. Gemein! Fast schmutzig. Aber klar hatte Dani recht. Carmen war genauso gewesen wie wir alle anderen auch.

„Penne dich aus, Joshua – und komm gefälligst gleich zu mir, wenn was ist, ja?"

Ich legte mich wirklich für eine Stunde hin, während Dani unten für unsere Eltern kochte. Wir aßen zusammen, redeten. Ich erzählte fast das gleiche zum dritten Mal, nur mit ein bisschen angepassten Details. Mama und Papa mussten nicht alles wissen. Langsam fühlte es sich wie eine Routine an. Wie *normal*. Es klappte fast ohne ein einziges Mal Tränen aus den Augen wischen zu müssen. *Normal*. So wurde es, über die Vergangenheit zu reden, zu der Carmen jetzt dazugehörte.

Danach guckten wir Serien, tranken Tee, gingen nacheinander schlafen, ohne das Thema noch einmal anzuschneiden. Sie wussten, dass alles gesagt worden war, was hatte gesagt werden können. Ich wusste, dass ich die Fotos nie würde ansprechen können und auch nicht den anderen Gedanken, der schon an mir zu nagen begonnen hatte, seit ich erfahren hatte, was mit Carmen geschehen war. Dieses dumme, furchtbare Gefühl der Schuld.

Der Angstengel

Es war Vollmond und als ich aufwachte, war er gerade so weit gezogen, dass er direkt durch mein Fenster leuchtete. Der Himmel war klar und wolkenlos, es schien doch nicht geschneit zu haben. Auf dem Teppichboden lag ein grellweißes Rechteck aus Mondlicht, das so hell leuchtete und so in meinen Augen brannte, dass ich sie sofort wieder zumachen musste. Als ich sie wieder aufmachte und mich aufsetzte, trat Carmen ins Mondlicht. Sie hatte irgendwas in ihren Händen. Ich blinzelte und presste die Augen zusammen: Einen Briefumschlag in der einen, ein dickes, braunes Taschenbuch in der anderen Hand. Sie lächelte sanft mit den Lippen, aber ihre Augen sahen nicht fröhlich aus. Sie guckte nicht mehr wirklich sauer, nur noch auf eine unaufgeregte Art traurig. Vielleicht, weil sie nicht mich ansah, sondern über mein Bett hinweg durch das Fenster schaute.

Sie reagierte gar nicht, als ich mich aufsetzte und nach meinem Handy griff. 3:32 Uhr. Wenn ich mich jetzt einfach wieder umdrehte, Carmen nicht ansprach, versuchte, an nichts Dummes zu denken, dann würde ich es vielleicht noch schaffen, wieder einzu-schlafen.

„Du musst dich anziehen", sagte Carmen. „Aufstehen und anziehen. Wir müssen raus."

„Es ist mitten in der Nacht", protestierte ich. „Es hat bestimmt Minusgrade draußen. Morgen ist Schule!"

„Hast du gehört, was Alya gesagt hat? Ich bin heute Nachmittag beerdigt worden. Ich liege jetzt unter der Erde. Es ist vorbei!" Endlich drehte Carmen ihr Gesicht in meine Richtung. „Ich werde heute Nacht noch für dich sterben, Joshua. Aber ganz bestimmt nicht hier. Komm mit oder bleib da, ich werde nicht auf dich warten."

Also gut. Notgedrungen warf ich die Decke zurück, stand auf, begann zu frieren und wankte trotzdem an Carmen vorbei auf den Hügel Schmutzwäsche neben der Türe zu. Das war jetzt egal, Hauptsache genug anziehen, damit mir draußen nicht was abfror.

„Wird das wieder so eine Aktion wie unter der Unterführung vorgestern?"

„So was kann nicht mehr passieren. Du hast mittlerweile verstanden, was es bedeutet, dass ich tot bin. Nichts in dir wünscht sich, es gezeigt zu bekommen."

Ich schlich mich über die Kellertüre raus, umrundete das Haus möglichst leise und trat mit Carmen auf die Straße.

„Ich habe deinen Brief an mich gelesen. Das war sehr nett von dir ausgedrückt. Ich hätte nicht gedacht, dass du so gefühlsduselig sein kannst. Keine Angst! Ich habe den Brief wieder auf deinen Schreibtisch gelegt, genau so, wie du ihn am Abend hingelegt hast."

Ich verstand. „Und klar ist der Briefumschlag noch zugeklebt."

„Klar", flüsterte Carmen und sah mir dabei nicht in die Augen.

„Also", fragte ich, „wohin jetzt?"

„Hoch, Joshua. An der Realschule vorbei bis zum alten Flugfeld."

Das war ein steiler Weg durch das ganze Wohngebiet. Fünfzehn Minuten locker und nur bergauf. Mitten in der Nacht, kurz vor dem ersten Advent. Zum Glück hatte es nicht geschneit. Der meiste Matsch des Tages war geschmolzen. Wo er aber geblieben war, war er zu Eis zusammengefroren. Ich würde vorsichtig bleiben müssen.

„Also gut", flüsterte ich über meine zittrigen Lippen. Mein Atem formte eine dichte, schneeweiße Wolke vor meinem Gesicht.

Carmen zitterte klar nicht. Ihre Worte formten klar keine Wolken vor ihrem Gesicht, als sie zu sprechen begann, während wir losgingen.

„Du hast mir doch gesagt, du findest Engel kindisch. Dann nennst du mich in deinem Abschiedsbrief selber einen Engel?"

„Ich habe es ja nicht wirklich so gemeint. Es ist ein Gedicht, da drückt man das halt so aus. Und ich habe es ja auch nicht geschrieben. Wir haben uns das in Französisch mal angehört."

„Also eine Metapher?"

„Wahrscheinlich"

„Verstehe. Aber du hast recht auf deine eigene, komische, schiefe Art. Ich bin für ein paar Tage zurückgekommen und ein Engel geworden. Kein guter Engel, schätze ich. Ein Engel, der wehtut. Das sollte mir wohl leidtun?"

„Weißt du denn jetzt, was Angst ist?"

Carmen schüttelte den Kopf. „Wie in deinem Gedicht? Nein. Ich war auch nicht immer glücklich, wie du weißt. Ich muss wohl eine andere Art Engel geworden sein. Ein Angstengel, zumindest für dich. Ständig musst du hoffen, dass niemand was rauskriegt. Dass sich niemand verplappert. Du hast wirklich vor allem Angst. Vor den echt schlechten Sachen und genau so vor den harmlosen Sachen. Ich bin wirklich dein Angstengel geworden!", sagte Carmen, wollte wohl noch etwas hinzufügen, aber blieb plötzlich stehen. Sie legte den Kopf schief und sah mich irritiert an. „Da ist noch etwas", flüsterte sie, „eine noch größere Angst. Ganz tief drinnen, ja? Irgendwo in deiner Brust lebt noch ein Gedanke, den du versteckst. Willst du darüber reden?"

Also hatte sie eine Ahnung davon! So tun, als wüsste ich nicht, wovon sie sprach, ging nicht. Sie wusste, wenn ich log.

„Nein!", sagte ich bloß.

„Du denkst also immer noch, das Verstecken und Verdrängen deine Probleme löst. Dann behalte es halt für dich", brummte Carmen hörbar enttäuscht und ging weiter die Straße hinauf. Sie hatte klar keine Probleme mit ihrem straffen Tempo bergauf. Ich dagegen begann, von diesem Aufstieg in der Kälte gleichzeitig zu schwitzen und zu frieren. *So fängt man sich eine Lungenentzündung ein*, dachte ich, aber versuchte trotzdem, so gut es eben ging mit Carmen Schritt zu halten.

„Seit Tagen drückst du diesen Gedanken immer wieder runter. Ich habe dir dabei sogar geholfen, ohne es zu merken. Du warst ein bisschen abgelenkt. Aber du weißt, dass da etwas ist. Ich weiß, dass es nicht mehr nur darum geht, was andere von dir halten oder über dich denken könnten. Es geht nicht darum, was für Folgen es für dich haben kann. Es ist ganz weit davon entfernt. Es geht um irgendwas, worüber du nachdenken und sprechen möchtest, aber nicht kannst.

Über Dinge, die anderen nicht wehtun, nur dir alleine. Alles andere musst du vor anderen verheimlichen, das hier sogar vor dir. Wie soll ich da eine Ahnung haben, was es ist? Du musst den Mund aufmachen oder es bleiben lassen. Und jetzt mach mal bitte endlich ein bisschen hin! Ich will oben ankommen, solange es noch Nacht ist!"

Während ich hinter Carmen hertrottete, knospte in meiner Brust wieder ein Gefühl auf, dass ich seit Dienstag fast wieder vergessen hatte. Es flammte auf und fühlte sich so an, als brannte und schnitt es sich einen Weg durch meine Rippen nach draußen. Der Gefühlsball der brannte und stach und – das verstand ich jetzt endlich – einen Doppelnamen hatte: Angst, Ungewissheit. Es tat so weh, dass ich fast stehen bleiben musste, husten musste, weinen, aber ich ging weiter, verkrampft und mit Tränen in den Augen, die ich nicht rausließ, damit Carmen nichts merkte. Und weil ich Angst hatte, dabei ein Geräusch zu machen, das irgendwer abgesehen von uns beiden hören konnte.

Vielleicht wollte Carmen ja auch genau das! Mich körperlich fertigmachen, dass ich krank wurde, Blut hustete. Vielleicht war das ihre Art, Rache zu nehmen. Oder wünschte ich mir einfach nur, dass sie so was machen würde? Wollen würde, wenn sie noch konnte. Weil sie dann noch am Leben wäre. Egal, ob es mir so dreckig ging, Hauptsache, sie wäre wieder da? Der Gedanke war glitschig und wollte sofort wieder aus meinem Kopf entwischen, aber irgendwie schaffte ich es, ihn zu behalten und fertigzudenken: Wünschte ich mir, dass sich Carmen wünschen würde, dass es mir schlecht ginge?

Für eine Sekunde regte sich der Ball in meiner Brust wieder. Es tat so weh, dass ich es nur überstand, keinen Mucks zu machen, indem ich die Augen zusammenpresste und mich an einem Maschendrahtzaun rechts von mir langsam weiter tastete. Hauptsache leise bleiben, warten, dass der Schmerz von alleine verging. Das würde er nicht, das konnte er nicht, solche Schmerzen blieben ewig, solange man sie nur verdrängte, klar, aber ich konnte einfach nichts Besseres tun!

Als ich die Augen öffnete, war Carmen nicht mehr da. War sie wieder verschwunden? Hastig blickte ich mich um, dann weiter nach vorne.

Carmen wartete unter einer Laterne neben der Bushaltestelle „Wedekind-Realschule" und ging sofort weiter, als ich mit ihr aufgeschlossen hatte. Sie sah mich nicht mal an. Schweigend umrundeten wir das Schulgelände und nahmen eine Nebenstraße den Hügel hinauf und erreichten oberhalb einer schmalen, alten Treppe endlich die Wiese auf der anderen Seite des Wohngebietes: das alte Flugfeld.

Früher, als die Stadt auf der andere Seite des Bahnhofs aufgehört hatte, war dieses Gelände wohl wirklich mal zum Fliegen genutzt worden. Jetzt war es nur noch eine Frage der Zeit, bis die Stadt über die Hügelkuppe wachsen und die Wiese komplett einnehmen würde. Schade eigentlich.

Die Wiese erstreckte sich in alle Richtungen für ein paar hundert Meter, bevor sie wieder sanft abfiel. Das hier war der höchste Punkt der Stadt auf dieser Seite des Baches. Von hier aus konnte man die ganze Stadt sehen. Wohnhäuser, direkt unter uns die Realschule, irgendwo darunter der Hauptbahnhof, dahinter die Innenstadt, rechts das Gymnasium am Bachufer, die alte Mühle, am anderen Ufer das Gewerbegebiet und weitere Wohnhäuser.

Und über uns: der Sternenhimmel, reiner und von weniger Licht verschmutzt als irgendwo sonst in der Stadt.

Im Sommer konnte man hier gut die Abende lang abhängen. Partymachen ging hier nicht, dafür gab es zu viele Wohnhäuser in der Nähe. Aber einfach nur Zusammensein und entspannen oder Ruhe haben ging hier perfekt.

Jetzt, mitten in einer eiskalten Nacht, geführt von einer Toten, was es mir zu ruhig. Zu leise. Die Stille lag fast spürbar auf meinen Schultern. Die Bundesstraße irgendwo im Tal, auf der anderen Seite des Hügels, war nur kaum wahrnehmbares Summen. Aus der Stadt drang nicht ein Geräusch bis zu uns. Das lauteste Geräusch war das Knirschen meiner Schritte im mit Raureif überzogenen Gras und klang nicht sehr beruhigend. Carmen schritt über das gleiche Gras, aber machte klar kein Geräusch dabei. Wie immer. Ganz normal anormal.

Carmen ging auf einen Baum am Rand der Wiese zu, umrundete ihn und wartete dort auf mich.

„Stell dich hier hin", murmelte sie, griff sich meine Hand und zog mich neben sich. „Ich muss dir noch etwas zeigen"

„Und dafür mussten wir bis hier hochklettern?"

Carmen nickte. „Was siehst du, Joshua?"

Ich sah mich um. „Die Treppe, das Tal, die Stadt. In manchen Häusern sind echt noch Lichter an. Straßenlaternen, klar. Hier sind sie orange, unten in der Stadt sind sie weiß. Ein paar Autos sind echt noch unterwegs. Oder schon wieder, keine Ahnung, man sieht halt die Scheinwerfer. Und der Bahnhof leuchtet auch wie immer. Wahrscheinlich machen sie die ersten Züge schon wieder fertig."

Ich wusste nicht wirklich genau, worauf Carmen hinauswollte und hatte ein bisschen Angst, dass ich etwas vergessen hatte. Dass Carmen enttäuscht von mir wäre. Hätte ich die Sterne erwähnen sollen? Den

Mond, der hier auf der Wiese so hell leuchtete, dass man hätte lesen können? Ich wusste ziemlich genau, dass ich von solchen Sachen keine Ahnung hatte und Carmen wusste es genauso.

„Du musst dir keine Sorgen mehr machen, Joshua. Zumindest nicht um mich", sagte Carmen leise und drückte mit der Hand zu.

Dutzende winziger Lichter flackerten vor meinen Augen auf. Kleine leuchtende Kugeln, rot, grün, gelb, blau. Zuerst tauchten sie in der Nachbarschaft direkt unter uns auf. Sie leuchteten in den Häusern auf, als wären die Mauern durchsichtig geworden. Dann wurden es Hunderte, die überall in der Stadt auftauchten. Wie Wellen, die sich ausbreiteten, blitzten Lichter auf. In wenigen Sekunden waren es so viele, dass sie übereinander strahlten und ihr Licht sich vermischte. Es wurden Tausende, die so hell leuchteten, dass die Fenster, die Straßenlaternen, sogar die Sterne über der Stadt verblassten. Die meisten standen still, wo sie aufgelodert waren, aber manche bewegten sich auch.

Aber nicht nur in der Stadt waren die Lichter aufgetaucht. Auch im Tal blinkten winzige, bunte Lichter, aber klar viel wenigere.

„Das sind alles Menschen!", keuchte ich, als ich es endlich begriffen hatte.

„Ja", bestätigte Carmen. „Sieh es dir an. Das ist ein echter Sternenhimmel direkt vor uns. Ein Sternenhimmel, in dem du mittendrin lebst. Ihr seid alle Sterne, auf eure Art. Keine entfernten, einsamen, toten Leuchtfeuer in der leeren Nacht. Lebende Sterne. Nur du nicht. Du bist weit weg von allem da unten.

Je länger ich in die Stadt hinunterstarrte, so lang, dass mir die bunten Lichter in den Augen brannten, umso dunkler schien es um mich herum zu werden. Der Mond verlor seine Leuchtkraft, die Straßenlaternen direkt vor uns waren nur noch schmutzigoranges Flimmern. Um mich herum wurde es dunkler, weil ich selber dunkel blieb. Kein blaues Leuchten, kein Grünes, Gelbes, Rotes.

Dafür wurde in der Stadt unter mir etwas anderes, feineres sichtbar, nachdem sich meine Augen langsam an das extreme Leuchten gewöhnt hatten: ein sanfter, flimmernder Schatten aus Licht: hauchdünne, glänzende Bänder, die die unzähligen Leuchtkugeln miteinander zu verbinden schienen. Wie ein zartes Spinnennetz aus Licht glänzten die Fäden, die sich durch die ganze Stadt zogen und darüber hinaus. Ein dicker Strang aus Fäden führte die Bundesstraße entlang hinab ins Tal.

„Kein lebender Mensch ist wirklich alleine, Joshua. Ihr hängt alle irgendwie aneinander, ob es *euch* gefällt oder ob es *dir* nicht gefällt."

Und was war mit mir? Ich leuchtete nicht und als ich an mir hinabblicke, sah ich nur ein ziemlich blasses, fast nicht sichtbares, dünnes Lichtbändchen, das von meinem Bauchnabel aus in der Luft hing, sich nach links in die Dunkelheit bog und gleich wieder bei Carmens Bauchnabel aufhörte. Das war alles, keine andere Verbindung, die von mir ausging oder zu mir führte.

Carmen, die meinen Augen gefolgt war, sagte: „Am liebsten würde ich dich diesen Hügel runterschubsen. Hauptsache, weg von mir. Aber das würde wohl nicht funktionieren. Ich kann das nicht. Egal, Joshua! Diese Verbindung muss heute Nacht enden und ich -"

Aber ich ließ sie nicht ausreden. Ich unterbrach sie und schrie fast dabei: „Ich kann nicht, Carmen. Ich kann dich nicht einfach hinter mich lassen. Alles Blöde abheften und wegräumen und nie mehr mit irgendjemandem darüber reden, damit es keinen Ärger gibt! Das geht einfach nicht, so lange-", ich holte Luft, um weiterreden zu können, aber tat es nicht. Dieser kurze Augenblick der Stille reichte, damit ich den Mut verlor, weiterzureden.

„Solange was, Joshua?", fragte Carmen.

Ich antwortete nicht.

„Solange was?!" Carmen brüllte. So laut, dass ihre Worte durch meine Trommelfelle stachen. Ihre Augen glommen schwach. Sie stand vor mir, die Arme von sich abgespreizt, als wäre sie bereit, zuzupacken. Das fahle Mondlicht fiel hinter ihr in einem Halbrund auf die Wiese, in dessen Mitte sie so stand, dass es aussah, als seien ihr Flügel gewachsen: knochenweiß und aufgespannt.

Vor meinen feuchten Augen verwischten Carmen, ihr Schatten und das Mondlicht zur undeutlichen Gestalt eines Engels, der mir Angst mache. Ein Engel, der mir eine allerletzte Gelegenheit gab, endlich ehrlich zu sein.

„Solange ich nicht weiß, ob ich schuld bin."

„Wie?", fragte Carmen. Plötzlich war ihre ganze Energie, ihre ganze Bedrohlichkeit von ihr abgefallen. Jetzt, als ich endlich herausgebracht hatte, was mir seit Dienstag im Nacken gesessen war, fiel der ganze Schrecken von Carmen ab. „Du glaubst, du bist schuld? Woran?"

„Dass du - daran halt", stammelte ich.

Carmen starrte mich mit offenem Mund an, verstand wohl, was ich meinte, aber wartete darauf, dass ich es auch sagte.

„Ich habe manchmal daran gedacht, dich zu fragen, ob du nicht mal was machen willst. Mit mir halt. Aber ich hätte mich nicht getraut, dich nach einem Date zu fragen. Und mit mir und Roger rumzuhängen, hättest du garantiert bescheuert gefunden. Sonntagnachmittag war ich aber doch kurz davor. Ich hatte die Nachricht schon am Handy getippt gehabt, um dich zu fragen, ob du irgendwas machen willst. Aber ich habe mich am Schluss doch nicht getraut. Ich habe einfach zu große Angst gehabt davor, wie du reagieren könntest, wenn ausgerechnet ich dich fragen würde. Also bin ich stattdessen zum Gemeindehaus gegangen. Dahin hätte ich dich nicht einladen können. Franziska hätte das nie durchgehen lassen. Seitdem -"

Ich zögerte, schluckte, schwieg, hoffte darauf, dass Carmen mir das Wort abnahm und meine Gedanken zu Ende führte. Aber sie tat es nicht und wartete weiter.

„Ich habe den ganzen Sonntagabend daran gedacht, dass ich was mit dir hätte unternehmen können, verstehst du? Wenn ich dich gefragt hätte und wenn du *Ja* gesagt hättest, wärst du an diesem Abend nicht zu Hause gewesen. Dann wäre das alles nicht passiert. Du wärst noch da, Carmen."

„Und jetzt glaubst du also, dass das alles deine Schuld ist? Joshua, es war ein Unfall, der mich umgebracht hat! Du hast doch die Nachrichten gelesen und gehört, was der Maienbach und diese Sticher und Alya erzählt haben. Niemand ist daran schuld. Du, Joshua, bist an aller möglichen Scheiße schuld, aber daran? Daran kann dir klar niemand die Schuld geben! Auch du selber nicht!"

„Aber wenn ich dich gefragt hätte!"

„Und wenn was?"

„Was?"

„Und wenn was noch, Joshua? Fragen alleine bestimmt nicht. Was noch?", fragte Carmen mit Nachdruck.

„Wenn du *Ja* gesagt hättest", murmelte ich.

„Das ist ein ziemlich großes *Wenn*, Joshua. Zu groß."

Hilflos ließ ich den Kopf hängen, starrte auf meine Füße, auf das sanft schimmernde Band, das mich mit Carmen verband und das Sekunde für Sekunde an Leuchtkraft verlor und immer durchsichtiger wurde. Das musste wohl langsam sein, wie Carmen gesagt hatte, auch wenn es mir nicht gefiel. Aber ganz aufgeben konnte ich noch nicht.

„Aber hättest du?", fragte ich.

„Was?"

„Hättest du dich mit mir getroffen, wenn ich dich gefragt hätte? Hättest du zumindest darüber nachgedacht? Wenn ich das Richtige vorgeschlagen hätte?", fragte ich und sah endlich wieder auf.

Carmen war ein paar Schritte rückwärts weg von mir gegangen. Was sollte das? Wich sie vor mir zurück? Ich verstand, dass ich sie bedrängte, klar, aber es war doch wichtig. Ich konnte nicht einfach wieder heimgehen, mich ins Bett legen, schlafen, morgen zur Schule gehen und jeden Tag danach, ohne ständig daran denken zu müssen. Nicht jetzt, als ich es endlich geschafft hatte, es auszusprechen. Ich musste jetzt einfach auch eine Antwort bekommen. Wie sollte es denn jetzt sonst weitergehen, ohne Antwort?

„Es ist doch wichtig, Carmen! Ich habe doch keine Ahnung, was ich fühlen soll, wenn ich das nicht weiß! Du sagst, es ist nichts dabei, aber wie soll ich das wirklich glauben, wenn ich keine Antwort bekomme?! Hast du eigentlich eine Ahnung, wie sich das anfühlt? Zu glauben, man hätte etwas tun können, etwas verhindern können?"

Carmen sah mich an und seufzte.

„Du kennst schon die Antwort, Joshua! Du hast es schon heute Vormittag in der Kirche verstanden, aber du glaubst, es immer noch nicht zu glauben. Du musst es endlich, Joshua. Du stellst mir solche Fragen, aber woher soll ich denn die Antwort kennen? Joshua! Es gibt mich nicht. Ich bin nicht da und Carmen ist tot! Seit Sonntag. Seit vier Tagen tot! Sie wird nicht zurückkommen und sie wird dir keine geheimen Infos aus der Welt der Toten geben können. Sie ist tot. Aber du **musst** damit weiterleben und damit, dass du keine Antwort kriegen kannst. Und jetzt siehst du das endlich ein. Gegen deinen eigenen Widerstand kommst du an den Tatsachen nicht mehr vorbei. Und wenn du da angelangt bist, brauchst du mich nicht mehr. Du bist wahrscheinlich vom Haken, wenn Franziska dichthält, obwohl du einen verdammten Ärger hättest bekommen können. Mit der Schuld, die das mit sich bringt, wirst du alleine leben müssen, Joshua. Aber vielleicht hilft dir dieses Gefühl endlich, auf andere zuzugehen. Dir helfen lassen. Ihnen helfen!"

Sie schaute mich noch für zwei oder drei Sekunden an und versuchte sich an einem schwachen Lächeln, während ich sie nur sprachlos anstarren konnte. Aber was ihre Lippen zustande brachten, war blass, ich glaubte dem Lächeln nicht und sie traute ihm wohl auch nicht. Dann drehte sie sich ohne ein weiteres Wort um, umrundete den Baum, verschwand hinter ihm – und tauche auf der anderen Seite nicht mehr auf. Ich wartete. Einen Herzschlag, zwei Herzschläge, drei Herzschläge, sie tauchte nicht mehr auf. Versteckte sie sich? Ich umrundete den Baum selber, drehte mich um, starrte den Hügel auf beiden Seiten hinunter und suchte, aber Carmen war nirgends zu finden. Klar. Carmen war weg. Ich versuchte wieder, mir sie vorzustellen, ihre Kleidung, ihre roten Haare, die grünen Augen, das Lächeln, aber nichts schaffte ich in meinem Kopf Form zu geben. Ich schaffte es nicht mehr, mir irgendwas vorzustellen. Sie war verblasst. Verdunkelt. Sie war verstummt und ich konnte mir ihre Stimme nicht mehr in Erinnerung rufen. Meine ganze Vorstellungskraft war ausgelaugt und so sehr ich es mir wünschte, ich konnte dieses Mädchen, an die ich mich gewöhnt hatte mir vorzustellen, nicht mehr zurückholen. Jetzt, nachdem diese letzten, schmerzhaften Worte ausgesprochen worden waren, hatte ich nicht mehr die Fantasie, Carmen zurückzuholen. Meine Brust fühlte sich normal an, nicht mehr wund und nicht mehr verbrannt, ganz normal. Leer, weil ein Stück fehlte. Carmen.

Der erste Tag nach dir

Plötzlich war es dunkel geworden. Die bunten Lichter in der Stadt waren erloschen. Die glänzenden Bänder waren verschwunden. Sogar die Sterne sahen blasser aus. Hatte Carmen etwa sogar die Sterne heller erscheinen lassen? Oder waren sie mir nur mehr aufgefallen? Ich hatte in den letzten Nächten mehr an sie gedacht. Ich hatte an Carmen gedacht, die den Sternenhimmel geliebt hatte.

Jetzt war alles vorbei: Carmen war vorbei. Sie würde nicht mehr zurückkommen. Alles, was gedacht hatte werden müssen, war gedacht worden. Das Lustige, das Traurige,das Dumme und das wirklich Üble.

Ich war an vielem schuld, das war klar. Aber nicht an allem. Nicht *daran*.

Es gab nur noch eines zu tun: Heimgehen, die verdammten Fotos löschen und nie ein Wort über sie verlieren. Ein dummes, schmutziges Geheimnis, das mich nicht verlassen würde. Aber zumindest konnte ich die Dinger loswerden.

Aus Angst davor, dass du erwischt werden wirst?

Aus Angst davor, der Wahrheit ins Auge zu sehen, was für einen Mist Franziska und ich wirklich gebaut hatten und den ich nicht mehr gutmachen konnte. Man kriegt wahrscheinlich kein Happy End, wenn man auf der falschen Seite steht. Selbst, wenn die Guten nicht siegen und die Bösen nicht bestraft werden.

Es wäre zum Heulen gewesen. Wenn es wegen Carmen gewesen wäre, hätte es wahrscheinlich auch geklappt. Aber das tat es nicht. Es ging um mich. Und um mich gab es nichts zu heulen. Die letzten Tage hatten mir den Geschmack an meiner Heuchelei versaut. Zumindest, wenn ich mit mir selber alleine war. Wie ich es die letzten Tage eigentlich die ganze Zeit gewesen war. Alleine.

Ich schaffte es ohne Probleme, mich durch die Straßen, durch unseren Keller und das Erdgeschoss bis in mein Zimmer zu schleichen, ohne Mama, Papa oder Dani zu wecken.

Ich war verdammt müde und die Kälte war mir bis in die Knochen gekrochen. Die Haut auf meinen Knöcheln war durch die Kälte so ausgetrocknet und rissig geworden, dass Blut aus der aufgebrochenen

Haut hervortroff. Alles, was ich jetzt wollte, war mein Bett.

Aber wenn ich jetzt nicht erledigen würde, was ich noch zu erledigen hatte … Ich wusste, dass ich es aufschieben würde. Wirklich vergessen würde ich es wohl nicht, aber ich würde es vergessen wollen. Doch noch überlegen, ob ich sie behalten sollte, zu keinem Ergebnis kommen, auf später verschieben. Aus Feigheit. Und aus Gier danach, sie zu behalten. Weil ich mich entscheiden könnte, dass es doch bequemer war, nicht zur Abwechslung mal was Gutes zu tun. Doch ein geiler Idiot zu bleiben.

Ohne zuerst Licht zu machen, tappte ich an meinen Schreibtisch, setzte mich, klappte den Laptop auf und starrte unschlüssig auf den schwarzen Bildschirm vor mir. Das musste jetzt sein! Mit der rechten Hand tippte ich nervös auf dem On-Knopf herum, ohne ihn zu betätigen. Mit der linken Hand nestelte ich an irgendeinem Papier herum, das auf dem Tisch lag. Es war verdammt schwer, das richtige zu tun. Sogar jetzt noch und es kotzte mich an, dass es immer noch etwas in mir gab, das sich querstellte. Dass man so wütend auf sich selber sein konnte – es war gut, es gab mir die Kraft, endlich den Computer einzuschalten. Als der Monitor aufwachte und mein Zimmer blau ausleuchtete, wanderte mein Blick auf das Papier, an dem ich die ganze Zeit herumgespielt hatte: Es war der Brief von Mittwoch und ich hatte das Kuvert mit meinem nervösen Getue mittlerweile so ramponiert, dass es halb offen war. Wieso also den Brief nicht gleich rausholen und irgendwo anders aufräumen, während der Laptop hochfuhr?

Ich hätte nie geglaubt, dass ich dich so vermissen könnte.
Ange plein de gaieté, connaissez-vous l'angoisse?
Es tut mir leid!

Kein besonders guter Abschiedsbrief. Aber ein ehrlicher, denn es tat mir leid!

Deswegen ging das Löschen dann doch ziemlich schnell. Ich wusste, nach welchen Dateinamen ich suchen musste, auch ohne eine Vorschau der Bilder zu sehen. Ich wollte sie nicht sehen. Nicht schwach werden. Meinen blödsinnigen Hormonen doch noch eine Chance geben, mich unterzukriegen. Ich suchte die Bilder heraus, löschte sie, ging in den Papierkorb, leerte den gleich auch, damit die Fotos nicht wiederhergestellt werden konnten und erst dann stellte ich wieder die Miniaturansicht in meinem Fotoordner ein. Fotos vom letzten Ausflug im Sommer, von der Klassenfahrt in der Siebten und vom Herbstfest dieses Schuljahr.

Ein Bild von Carmen, die mitten in der Aula in die Ferne blickte. Was hatte sie gesehen? Sie lächelte leise und sanft irgendwo in eine Richtung, die nicht mehr auf das Bild gepasst hatte. Das war das Bild, an das ich mich gestern schon erinnert hatte. Ein paar Fotos davor waren Hellen und Carmen zusammen gewesen. Dazwischen lagen ein paar Blödelbilder mit Roger und mir. Danach? Ich klickte weiter und fand den Grund, wieso Carmen so leicht und sachte gelächelt hatte. Es war ein Bild, das anzusehen sich anfühlte, als griffe es mir in die Brust, umklammerte mein Herz und ließe es nicht mehr los, bis es endgültig stillstand. Ein bitteres Stechen, ein milchiger, klebriger Schmerz.

Kurz starrte ich auf meinen Bildschirm, während sich Verstehen in meinem Kopf formte, griff mir dann mein Handy vom Bett, ein USB-Kabel, verband alles mit meinem Laptop und zog das Bild und anschließend noch ein zweites auf mein Handy.

Markus!, dachte ich. Ich begriff endlich. Ich musste blind gewesen sein. Ob er jetzt noch wach war?

Während mein Laptop wieder herunterfuhr, tappte ich mit dem Handy in der Hand zum Bett und ließ mich hineinfallen. Nichts wollte ich jetzt mehr, als schlafen, aber es hatte sich noch etwas zu erledigen ergeben, egal, ob jedes Blinzeln schon ein bisschen länger dauerte als das vorherige und ich morgen in die Schule musste.

Ich hatte weder heute noch gestern mein Handy groß in der Hand gehabt, außer, um auf die Uhr zu schauen oder um den Wecker einzustellen. In den Klassenchat hatte ich bis jetzt gar nicht geguckt. Es ging um Carmen, um die Beerdigung, klar. Hellen hatte an diesem Abend sogar ein paar Sätze geschrieben. „Viele Kränze …" „Herr Maienbach und Frau D'Allari haben viel miteinander geredet." „Frau D'Allari hat gefragt, wie es uns allen in der Klasse geht" Viele hatten was dazu geantwortet. Nette Sachen, aufmunternde Sache oder einfach nur ein „Danke".

Ich hatte ein paar direkte Nachrichten bekommen. Franziska: „Joshua, müssen wir über manche Sachen reden?"

In der Schule hatte sie mich ignoriert, aber vielleicht machte sie sich Sorgen. Um mich oder um sich. Ich antwortete ihr: „Alles ist OK. Für dich und für mich. Es gibt kein Problem." Franziska war seit abends nicht mehr online gewesen und schlief jetzt garantiert, aber ich schickte die Nachricht trotzdem. Das würde alles sein, für den Moment. Es gab Wichtigeres, als die Problemchen von Franziska und mir. Aber aufgeschoben war nicht aufgehoben. Auch, wenn wir jetzt einander mieden, würden wir wohl miteinander über diese Sachen reden müssen. Über uns und Carmen. Alya hatte gesagt, mit Franziska wäre es genauso wie mit mir. Das hieß wohl auch, dass sie genauso alleine war, wie ich, nur mehr im Rampenlicht. Daran konnte ich denken, wenn ich Zeit hatte. Zuerst noch Markus!

Mit Markus hatte ich bisher keinen direkten Chat gehabt. Klar nicht. Ich hatte nicht mal seine Nummer gespeichert, aber ich fand ihn in unserem Klassenchat und öffnete ein neues Gespräch.

Er war zuletzt vor dreißig Minuten online gewesen. Anscheinend schlief er so schlecht wie ich.

Blödsinn!, verbesserte ich mich in Gedanken gleich selber. *Ich habe gar keine Ahnung, wie sich Markus fühlen könnte.*

Aber wie sollte ich ihn denn jetzt anschreiben? Wir hatten an den besten Tagen nichts miteinander zu tun und ich war mir ziemlich sicher, dass er mich sowieso nie wirklich hatte ausstehen können. Seit Mittwoch war es bestimmt nur schlimmer geworden.

„Hey!", tippte ich, zögerte, denn es war klar ziemlich blöd und tippte dann doch auf *Senden*.

Sobald die Nachricht draußen war, kam sie mir noch blöder vor. Was sollte Markus denken? Ich konnte die Nachricht löschen, aber dann würde er sehen, dass ich ihn mitten in der Nacht angeschrieben hatte, aber nicht, was es war. Noch komischer! Also schnell einfach weitertippen, bevor es auffiel. Vielleicht schlief er und bemerkte nichts. Vielleicht war er aber auch wach und wunderte sich gerade schon darüber, was der Schwachsinn sollte.

„Ich habe zufällig zwei Bilder gefunden, die du vielleicht haben magst. Ich habe an dich gedacht und dass sie dir was Besonderes bedeuten könnten", tippte ich schnell in mein Handy, kontrollierte gar nicht erst, ob irgendwo Tippfehler drinnen waren und schickte es ab. Hauptsache, fertig werden. Nach dem Absenden der Nachricht suchte ich mich durch die Ordner meines Handys, fand die beiden Fotos, wählte sie aus und schickte sie hinterher. Auf dem einen waren in einer Ecke Carmen, Markus und Hellen, wie sie an einem dieser runden, hohen Festtische in einer Ecke der Aula standen und die Köpfe zum vertraulichen Gespräch zusammengesteckt hatten. Ich hatte die drei immer nur alleine wahrgenommen. Das hieß: Markus gar nicht, weil er mir egal gewesen war, Hellen kaum, wenn jemand nicht gerade irgendwelche dummen Bemerkungen über sie machen konnte und Carmen … wie ich eben auf Carmen geschaut hatte. Ich war vernagelt genug gewesen, nicht mitzubekommen, dass die drei ihre eigene Clique gewesen waren. Und zwei von ihnen noch viel mehr.

Dann das zweite Bild. Ich konnte mich daran erinnern, dass auf dem Herbstfest im Laufe des Abends, schon Richtung Ende, leisere Musik für uns ältere Schüler gespielt worden war. Ein paar hatten sich tatsächlich in die Mitte der Aula zum Tanzen getraut. Vor allem die Oberstufler, aber mittendrin auch Markus und Carmen. Stirn an Stirn. Ihre Hände um seinen Nacken gelegt, seine Arme um ihre Hüfte. Keine Ahnung, was ich eigentlich hatte fotografieren wollen, wahrscheinlich einfach nur die schöne, ruhige Stimmung. Die beiden waren einfach mittendrin gewesen.

Sie waren ein hübsches Pärchen gewesen. Keine Ahnung, ob sie es nicht versucht hatten oder ob es nicht geklappt hatte oder sie es einfach nur aus der Schule hatten raushalten wollen. Oder ob ich einfach zu blind gewesen war, es zu sehen. Wenn ich daran dachte, wie Alya über Markus gesprochen hatte – anscheinend war das für manche viel klarer gewesen. Ich musste mir eingestehen: Ich kannte weder Carmen noch Hellen oder Markus gut genug, um Ahnung zu haben, was mit denen wirklich genau los gewesen war.

Ich wusste nur jetzt, dass es für Markus unendlich schwerer sein musste. Die beiden waren quasi zusammen gewesen. Oder sogar richtig. Was fühlte ich da im Vergleich?

„Ich habe gehofft, dir könnten die Bilder gefallen, so als Andenken", tippte ich weiter. Das klang immer noch blöd, aber es war alles, was ich fertigbrachte, während ich gegen den Drang ankämpfte, über dem Handy einzuschlafen. „Wenn ich was tun kann, damit es dir ein bisschen besser geht, dann sage bitte Bescheid."

Ich schaltete das Handy aus.

So, Carmen, begann der erste Tag nach dir!